文庫書下ろし／長編時代小説

天神橋心中

剣客船頭(二)

稲葉　稔

光　文　社

この作品は光文社文庫のために書下ろされました。

『天神橋心中』

目次

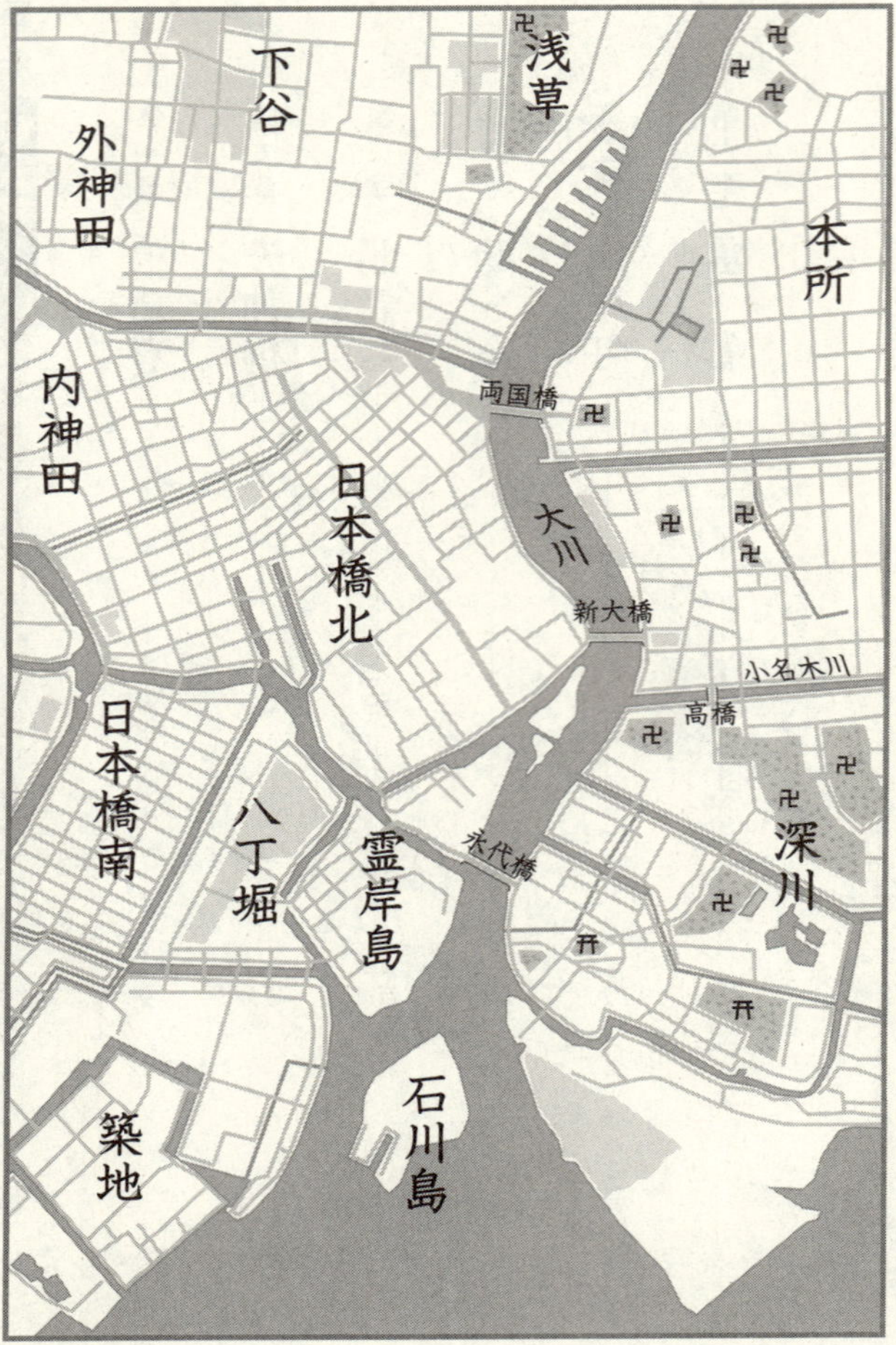

浅草
下谷
外神田
本所
両国橋
内神田
日本橋北
大川
新大橋
小名木川
高橋
日本橋南
八丁堀
霊岸島
永代橋
深川
石川島
築地

主な登場人物

沢村伝次郎 元南町奉行所同心。探索で起きた問題の責を負い、奉行所を辞め、船頭に。

千草 伝次郎が足しげく通っている深川元町の飯屋「めし ちぐさ」の女将。

酒井彦九郎 南町奉行所定町廻り同心。伝次郎の元上役同心。

広瀬小一郎 本所方の同心。

政五郎 船宿・川政の主。

仁三郎 船宿・川政の船頭。

嘉兵衛 伝次郎に舟のことを教えた師匠。前作で、襲われた伝次郎の身代わりになって刺されて亡くなる。

◆ ◆ ◆

宮川りつ 小普請組の御家人・宮川与一郎のひとり娘。武家奉公で水野主馬のところへ。

佐々木仙助 りつの夫。作事方の御家人。念流の免許持ち。

水野主馬 役高五百石、役料三百俵の出世を約束された勘定吟味役。

美弥 伝次郎が法恩寺橋の袂でよく見かける女。妹夫婦が事件に巻き込まれる。

津久間戒蔵 一時、世間を震撼させた辻斬り。伝次郎たちに追い詰められ大目付・松浦伊勢守の屋敷へ逃げ込み、追手を撒く。その後、伝次郎の妻と子供や家中の者を殺害し、現在も逃げている。

剣客船頭㈡

天神橋心中

第一章　狼藉者

一

黒い甍《いらか》や地面が白くおおわれる雪の夜であった。

胸の下で組み伏せられているりつは、唇を小さくふるわせながらかぶりを振り、しっかり目を閉じていた。しかし、いやがっているのではない。その証拠に組み伏せている水野主馬《みずのしゅめ》の首に両手をまわし、離れようとしない。

（なんと愛《う》い女であろうか……）

主馬はりつを見下ろしながら胸の内でつぶやく。

やわらかにしなる肢体は桃のようにほんのりと色づいており、うっすらと汗ばんだ肌は、香油《こうゆ》を塗ったようにつややかだ。十八という若い肌はたとえようもなく魅力的である。

庭には音も立てずに白い雪が降り積もっている。

しかし、襖《ふすま》を閉め切ったその部屋から表を見ることはできない。うすい有明行灯《ありあけあんどん》のあかりが枕許《まくらもと》にあるだけだった。

「りつ……」

主馬のささやきにりつが、閉じていた目を開けた。視線が合わさる。

しかし、りつは即座に潤んだような目に羞恥《しゅうち》の色を浮かべるや、

「いやッ」

と、顔をそむけた。だが、吸いつくように肌を寄せてくる。

「愛《う》い……愛い女だ……」

主馬はふくよかに隆起したりつの胸に顔をうずめて、

(なぜ、かようなことになったのか)

と自分のことを訝《いぶか》しんだ。

りつは小普請組《こぶしんぐみ》の御家人《ごけにん》、宮川与一郎《みやがわよいちろう》のひとり娘であった。花嫁修業を兼ねての

武家奉公をしたいと申し入れがあったのは、昨年の暮れだった。

勘定吟味役《かんじようぎんみやく》の主馬は、小普請組の軽輩である宮川のことなど知らなかったから、断ろうとしたが、

「先方はお殿様の人柄にいたく敬服しておりますし、当家から出た奉公人の評判が殊《こと》の外《ほか》よいので是非ともお願いしたいと、それは熱心なのでございます。それに女中がやめたばかりですし、少しお考えになってはいかがでしょう」

と、取次《とりつぎ》の用人《ようにん》がいうので、しからば娘に会ってから決めようと軽く返答をした。

それから三日後に、宮川りつが主馬の面談を受けに来たのだが、ひと目見たとたん、これは雇ってやろうと思ったのだった。

十八歳は立派な女であるが、りつには少女のようなうぶさがあり、すんだ瞳には他人の心を惹《ひ》きつけるものがあった。さらに面立《おもだ》ちが整っており、額《ひたい》には聡明さが感じられた。

(磨けばいい女になろう)

それが主馬の第一印象だった。主馬には妻子もあるし、妙な下心など微塵《みじん》もなく、ただ単純に当家で預かり、よき花嫁になれるように躾《しつけ》てやろうと思っただけであ

った。

それから日を置かずしてりつは、主馬の家で炊事・洗濯・掃除などの下女奉公をはじめ、その合間に主馬の妻・江里《えり》から上士の家での礼儀作法を習うようになった。ときには書をやり、俳句を作り、また生け花も教わっていた。

顔を合わせるのは、主馬が出仕《しゅっし》するときや帰宅するときぐらいで、交わす言葉も挨拶《あいさつ》程度であった。非番の日に、主馬は庭掃除をするりつを書斎から眺めることもあったが、ただそれだけのことだった。

親しく話をするようになったのは、年が明けてからであった。よく晴れた日の昼下がりで、縁側から射《さ》し込む明るい日射しが寒気をゆるませ、油断すれば眠気を誘っていた。書斎で書き物をしていた主馬が人の気配に気づき、表に目をやると、明るい日の光を背にしたりつが、縁側のそばに立っていた。

「いかがした？」

主馬が訝しげに問えば、

「お殿様はいつもなにをお読みになっていらっしゃるのです？」

と聞いてくる。その目は真摯《しんし》であった。

「書に興味があるか？」

「はい」

「西鶴《さいかく》は存じておるか？」

「聞いたことはありますが、読んだことはありません」

主馬は口許にやわらかな笑みを浮かべると、

「これへ、まいれ」

と、うながした。

りつは遠慮深く書斎に入ってきて、主馬の差しのべる書を黙って手に取り、目を通した。その様子を静かに眺めていると、ふとりつは顔をあげて、無邪気な笑みを作った。

「とてもおもしろいご本ですね」

「うむ、『世間胸算用《せけんむねさんよう》』というものだ。町人らの話を集めてあるが、なかなかおもしろい。わたしは何度も読んでいるので、もし読みたければ持って行くがよい」

主馬のその一言に、りつはぱあっと目を輝かした。

それから数日後、りつが借りた本を返しにやってきた。感想を訊《たず》ねると、事細かに本の中身を話し、何話めが一番よかった、何話めは身につまされる思いがしたなどと、主馬も感じていたことを口にする。

そんなことがきっかけで、主馬はりつを自室に呼ぶようになり、ついで薙刀《なぎなた》を教えてくれという要望にも応《こた》えるようになった。

薙刀の教授は主馬が非番の日と決めていた。朝餉《あさげ》を終えたのち、小半刻《こはんとき》ばかり庭での稽古《けいこ》となった。りつは覚えがよく、主馬の教えを熱心に受けた。だが、教える主馬はときどき、りつの躍動する若々しい肢体に魅了されることがあった。剝《む》き出しの細くて白い脛《はぎ》や、襟元《えりもと》にのぞく胸の谷間だった。りつの若い汗の匂いはかぐわしくもあった。

さらに、視線を合わせてくるりつの目に、それまでとはちがう色合いがあるのも感じていた。それは女が男を見る目であった。しかし、主馬が特別な感情を抱《いだ》くことはなかった。昼餉のあと主馬は軽く昼寝をする。それにならうように、りつも小半刻ほど与えられた小部屋で休むようになった。

ある日、昼寝から目覚めた主馬が、りつの部屋を訪ねると、返事がない。気になって襖を開けると、りつはすやすやと寝息を立てていた。日頃の疲れがよほど溜《た》まっていたらしく、襖を開けた主馬の気配にも気づかなかった。もう少し寝かせておこうと思った主馬だったが、寝返りを打ったりつの太股《ふともも》が、薄闇《うすやみ》のなかで露《あら》わになった。

美しい脚である。見た目より肉づきもよい。さらには乱れた着物の胸にはふくよかな乳房がのぞいていた。

主馬は部屋のなかに足を踏み入れると、後ろ手で襖を閉め、りつの隣に寄り添うように横になった。声を出され強く抗《あらが》われるかと思ったが、耳許でささやくと、りつは驚きもせずに、そっと重ねられた唇をそのまま受け入れたのだった。

それから三日後の夜、今度はりつが主馬の寝間を訪ねてきた。

「お殿様が……忘れられないのです」

恥じらいながらいうりつを、主馬はそっと抱きよせた。

以来、主馬は家人の目を盗んでは、倫《みち》ならぬ恋を育《はぐく》んだのだった。二人だけのときは、主人と奉公人の関係という垣根はなく、相思相愛の男女になっていた。

「雪はまだ降っているでしょうか……」

りつが着衣を整え、乱れた髪を手櫛《てぐし》ですくいながら主馬を見てきた。

「うむ、やむような雪ではなかろう。さ、夜が明けぬうちに……」

主馬はそういってりつをうながした。

「お名残惜《なごりお》しゅうございます」

「……わたしもだ」

りつは一度主馬の胸に頰《ほお》をよせ、それからゆっくり離れると、足音を忍ばせて部屋を出ていった。ひとりになった主馬は、りつの匂《にお》い香《が》の残る夜具に身を横たえ、暗い天井を見つめた。

「ついに出てゆくか……」

つぶやきを漏らして、それもしかたのないことだと自分にいい聞かせてはみたが、残っているりつの匂いを拾うように夜具に掌《てのひら》を滑らせた。

二

花散らしの雨が降り、菜種梅雨《なたねづゆ》に入った――。

雨の日は客足が落ちるので、船頭の多くが休む。しかし、大川《おおかわ》（隅田川《すみだがわ》）を濁らせる豪雨ほどではないから、仕事に出ている各船宿の船頭たちは気長に客を待ちつつ、将棋を指したり埒《らち》もない世間話に興じる。

沢村伝次郎《さわむらでんじろう》も簑《みの》を着込んだまま、高橋《たかばし》近くの茶店で暇をつぶしていた。河岸道《かしみち》を歩く人々はそれぞれに傘をさしているが、尻端折《しりはしょ》りをして裸足《はだし》で駆ける人足もいる。あるいは菅笠《すげがさ》を被《かぶ》っただけで、肩に釣り竿《ざお》を担いで歩く浪人の姿もあった。

伝次郎は船宿に雇われている船頭ではなかった。いわゆる個人事業主である。よって、仕事をするしないは自分次第である。だが、怠けていては生計《たつき》がままならない。多少の雨なら舟を出すことを厭《いと》わない。

霧雨を降らす空は、鼠色《ねずみいろ》の雲にすっぽり蓋《ふた》を被せられたようになっている。通りには水溜まりができているわけではない。穏《おだ》やかな小名木川《おなぎがわ》の水面《みなも》にも、雨の波紋は見られなかった。

茶店脇《わき》の軒下には、雨を受ける芽吹いたばかりのどくだみ草がしっとりと濡《ぬ》れていた。そのそばに黄色い花を咲かせている蒲公英《たんぽぽ》があった。

ぬるくなった茶を飲みほした伝次郎は、暗い空を見あげ、今日は切りあげようかと思った。客を待っていても、いたずらに無為な時間を過ごすだけのような気がした。

茶店を離れると、芝翫河岸《しかんがし》の石段を下り、舫《もや》ってある自分の舟に乗り込んだ。どこにでもある猪牙舟《ちょきぶね》である。船頭の師匠だった嘉兵衛《かへえ》から譲り受けたものだった。

その嘉兵衛が死んでからまだ日は浅い。伝次郎は舟に乗るたびに、

(嘉兵衛の旦那《だんな》、今日も世話になりますぜ)

と、いつも胸の内でつぶやく。

雁木《がんぎ》の杭《くい》に舟の舫《もやい》を繫《つな》ぎなおしていると、

「船頭、舟は出せるか？」

と声がかけられた。

石段の上に、傘をさしているひとりの侍が立っていた。

「へえ、ようござんすよ。どうぞ」

声を返すと、侍は石段を下りてきた。伝次郎は舫をほどき、舟縁《ふなべり》を押さえた。客が舟に乗り込む際、体の均衡をなくさないようにするためだ。そうしないと、水に落ちることがある。もっとも、伝次郎はそんなヘマをしたことはないが、見習い船

頭のなかにはしくじって客に怒鳴られるものがいる。

「業平《なりひら》までやってくれ」

「承知しやした」

客となった侍は、尻が濡れないように渡された小さな茣蓙《ござ》を伝次郎から受け取り、その上に腰を据えた。

棹《さお》を使って岸を押すと、舟はみずすましのように、すいと川中に進み出る。伝次郎は一度棹をあげ、再度川底に突き立てて舟をまわし、舳先《へさき》を東に向けた。そのまゆっくり舟を操る。

小名木川はゆるやかな流れであるから、操船は棹だけですませる。流れのきつい川を遡上《そじよう》するときは、櫓《ろ》を使うのが普通だ。

乗り込んだ侍は話しかけてくることはなかった。伝次郎はそのほうが楽である。めったやたらに話しかけてくる客があるが、返答に疲れてしまう。

猪牙は小名木川を東へ進み、新高橋をくぐり抜けると、左に舳先を向けて横川《よこかわ》に入る。そのまま北上し、竪川《たてかわ》を突っ切り、長崎橋《ながさきばし》、法恩寺橋《ほうおんじばし》とくぐり抜けてゆく。

伝次郎は川底に立てた棹をあげると、水面を切るように棹先を滑らせて、反対の川底に棹を立てる。水から抜いた棹を無駄に高くあげる必要はない。その動きを会《え》得《とく》するためには、半年を要したが、師匠の嘉兵衛は、

「おめえさんは呑《の》み込みが早くてあきれちまうぜ」

と、褒《ほ》めてくれた。それも剣術ができるからかもしれねえなと、言葉も足した。

たしかに伝次郎は剣術と舟の操船は似ているところがあると思った。それは無駄な動作はいらないということである。また、必要以上に大きく棹を動かすこともよくない。刀もそうである。目的を果たすための動きをするだけでよいのだ。

もっとも剣術には相手を牽制《けんせい》したり、隙《すき》を窺《うかが》い、また相手を誘い込む動きはあるが、それ以外は剣術も舟を操るのもほぼ同じといえた。

また、棹の使い方は、剣術でいう「間《ま》の取り方」に共通したところもあった。それはすべて呼吸である。そして、川を知れば知るほど、棹使いが変わってくる。

棹は出来るだけ川底にある石や岩などの固いものにあてるべきで、砂や泥を突いてはならない。砂や泥は棹を呑み込み、棹が深く入ったりすると、抜くのに往生《おうじょう》する。かといって不安定な石や岩を突くのもいけなかった。

だから棹先に自分の神経が行き届いていなければならない。あ、そこは砂だなと

思えば、棹を器用に動かし、そばにある石や岩を探りあてて突く。それゆえに熟練の船頭の棹使いは、無駄がなくきれいであるし、舟は意思を持った生き物のように滑《なめ》らかに進む。

また、棹は手や腕だけの力でさばくのではない。胸板に棹をあてがい、自分の体重を使う。そのために、胸には棹ダコができる。最初は赤くなり、皮膚が切れ、血が流れるが、繰り返すうちに皮膚が厚くなってゆくのだ。年季の入った船頭の胸には、必ずといっていいほどそんなタコがあった。

伝次郎は法恩寺橋を過ぎるとき、西のたもとにある河岸場に目を向けた。人の姿はなかった。いつも立っている女がいるのだ。もちろん、日がな一日立っているわけではないだろうが、どこか愁いを帯びた年増女だった。年のころは、おそらく二十四、五と思われた。

名もわからないが、伝次郎はその女を何度か乗せたことがある。いつも決まって、源森川《げんもりがわ》から大川に出て、また法恩寺橋まで戻ってくれというのだ。おかしな客だと思ったが、逆らうことはできないので、いわれるままましたがうしかない。

女は武家の出であるようだった。立ち居振る舞いや、短い会話でそうではないかと、伝次郎は推察していた。

「そこでいい」

侍の客は業平橋より一町《ちよう》(約一〇九メートル)ほど手前の河岸地に舟をつけさせた。

「釣りはいらぬ。取っておけ」

気前のいい客だった。一分《ぶ》を寄こしてさっさと岸にあがったのだ。だが、すぐに振り返って、

「おぬし、ただの船頭ではないな。元は武士であろう」

と、伝次郎を見下ろしてきた。

「そう見えますか……」

「おれの目は誤魔化《ごまか》せぬ。名は?」

「へえ、伝次郎と申しやす」

侍はじっと伝次郎を凝視《ぎようし》すると、覚えておこうといって、そのまま去って行った。

伝次郎は歩き去る侍を見送ったあとで、空を見あげた。いつしか雨がやんでいた。

雲の向こうに、うすぼんやりではあるが太陽の輪郭があった。

雨があがったせいか、川端の畦《あぜ》からひらひらと蝶《ちょう》が舞いあがった。川岸は石積みになっているが、ところどころが崩れ、雑草が生えている。川普請《ふしん》は頻繁に行われないし、江戸には迷路のように水路が張り巡《めぐ》らされているから、普請工事が行きわたらないのだ。

伝次郎は舟を反転させると、あと戻りした。ときどき、河岸地に目を向けて人を探す。声をかけてきて客になるものがいるからだった。

雲の切れ目から光が射して、前方の川面《かわも》が照り返った。伝次郎は法恩寺橋の手前にある河岸場の外れに舟を寄せて止めた。簑を外し、菅笠を被りなおす。

明るい日射しを受けた水面が、てらてらと揺れながら光っていた。そこに紺絣《こんがすり》膝切《ひざき》りの着物を尻端折りし、河岸半纏《はんてん》に股引《ももひき》というなりの伝次郎が映り込んでいた。

首にかけている豆絞りの手拭《てぬぐ》いで、無精《ぶしょう》ひげの生えている顎《あご》のあたりをぬぐった。苦み走った顔には、ぐいっと吊《つ》りあがった太い眉《まゆ》と、どっしりした鼻がある。

（さて、戻るか）

そう思って棹を手にしたとき、

「船頭さん」

という声があった。

顔をあげてみると、あの女だった。

三

雲間から地上に降り注ぐ光を背にした女は、藍縞木綿《あいじまもめん》に朽葉色《くちばいろ》の帯という地味ななりであったが、楚々《そそ》としている。

「乗せていただけますか？」

伝次郎が、どうぞと声を返すと、女は足許に気をつけながら雑草の生えている岸辺をおりてきた。細くて病的なほど白い足首が妙に艶《なま》めかしかった。伝次郎が手を貸して、舟に乗り込ませると、

「あら……」

と、初めて伝次郎に気がついたように目をみはった。

「よくお会いしますね」

「……そうですね」

女はそう応じて舳先のほうへ腰をおろした。そこには濡れていない茣蓙が敷いてあった。背を向けた女を一瞥《いちべつ》した伝次郎は、棹を手にした。手には女の手の感触が残っていた。ひんやりと冷たい手だった。

「どちらへ？」

「源森川から大川に出て下ってください」

案の定だった。女はいつも同じことをいうのだ。

伝次郎は再び舟の舳先を反転させて北へ向かった。女は背筋を伸ばしたまま端然《たんぜん》と座っている。ときどき、まわりの景色を眺めるように見る。その横顔は凜《りん》としているが、深い悩みを抱えているのか、表情には愁いがある。

左側は町屋だが、右側には旗本屋敷と大名屋敷がある他は百姓地である。畑の畦道に黄色い菜の花が見られる。川岸にせり出している花大根は、うす紫色の花を咲かせている。

女は話しかけてくることはなかった。また、伝次郎も話しかけなかったし、女には会話を拒む雰囲気があった。

業平橋の右手前に大名屋敷がある。その塀《へい》越しに小楢《こなら》や黐《もち》の木などの疎林がのぞいている。鳥たちの声がしている。一際甲高《かんだか》く鳴くのは鶯《うぐいす》だった。

「雨……」

業平橋を過ぎてから女がつぶやいた。そのとき、艫《とも》で棹を操る伝次郎をちらりと見た。

「……はい」

伝次郎が間を置いて応じると、

「あがりましたね」

と、女は前を向いたたまいった。

伝次郎は、また「はい」と答えたのみだった。

業平橋を過ぎると、川（＊開削された人工の水路ではあるが）は、源森川と呼ぶようになる。周辺は瓦《かわら》焼き職人の多く住まう町で、いまも瓦を焼く煙が雨あがりの空に立ち昇っていた。

源森橋をくぐり抜けて大川に出た。流れが急に速くなる。だからといって、さかんに棹を使うわけではない。伝次郎は流れにまかせて舟を下らせる。上りの舟に

〝道〟を譲るために、下り舟は川中を進む。

女は黙したまま背を向けつづけていた。なにか考え事をしているようだが、ときどき川底を探るように見たりする。単なる暇つぶしとは思えない。いったいなんのために、同じ航路をとらせるのか、伝次郎にはわからないことだった。だが、伝次郎は他人のことをあまり穿鑿《せんさく》しない男だから、女同様に黙っているだけだ。

「竪川でようござんすね」

大橋をくぐり抜けたところで、伝次郎は女にたしかめた。女はそうだと、うなずいただけだった。

伝次郎は舟を川中から左に寄せてゆき、一ツ目之橋をくぐって竪川に入った。竪川は小名木川同様、大川と中川《なかがわ》を結ぶ運河である。川幅は約二十間《けん》あるが、河岸場に舟がつけられている分狭くなる。とはいっても、舟の往来にはなんら支障はない。

再び竪川から横川に入った伝次郎の舟は、法恩寺橋そばの河岸地につけられた。

「二匁《もんめ》でよいのですか……」

舟を降りる際、女はそう聞いた。以前もそうであったが、伝次郎が礼をいうと、女は一朱をわたすのであった。釣りはと聞いても、女はいらないというふうに首を振る。これも前と同じことだった。

舟賃は大まかに決まっているが、それはおおむね船頭の判断だった。

例えば、牛込《うしごめ》あたりから金龍山《きんりゅうざん》（山谷堀《さんやぼり》）までは二匁、浅草橋《あさくさばし》から金龍山まで二匁、柳橋《やなぎばし》から駒形《こまがた》まで一匁といった具合である。船頭の誰もがそのことを頭に入れて、舟賃を計算していた。

「船頭さん……」

女が去りかけて振り返った。

「名を教えていただけますか？」

女はまっすぐ見てくる。

「これで三度、いいえ四度も同じ船頭さんでした。わたしは美弥《みや》と申します」

「伝次郎です」

「……伝次郎さん。……いい名ですね。それに腕がよろしくて……」

美弥は小さく頭をさげると、そのまま歩き去った。伝次郎は美弥の姿が町屋に消えるまで見送っていた。

船宿《ふなやど》「川政《かわまさ》」の主《あるじ》・政五郎《まさごろう》に声をかけられたのは、伝次郎が芝翫河岸に戻って来たときだった。

「たまには一杯やらねえか。今日は暇だったんで、身を持てあましててな」

「ようござんすよ」

伝次郎も軽く引っかけたい気分だったので、素直に誘いに乗った。どこか近所の店で飲むのかと思ったが、政五郎は自分の船宿の二階に案内した。どこで飲んだっていっしょだ、今日はおれの奢《おご》りだといって、窓際の席についた。

女中に酒と適当な肴《さかな》を運ばせると、早速銚子《ちょうし》を差し向けてきた。

「遠慮はいらねえ」

伝次郎は酌を受けて、返した。政五郎といると、なんとなく心が落ち着く。五十の坂は越えているが、まだまだ脂の乗った男だ。船宿の主にしては色白だが、骨のある男だった。それに男っぷりがよく、若いころはさんざん女を泣かしたとてらいもなくいう。

腹が出て肉づきのよい貫禄《かんろく》のある体をしているが、昔はもっと細かったらしい。二人は小鰺《こあじ》の揚げ物をつまみ酒を飲みながら、どうということのない話をした。伝次郎は主に聞き役である。

船宿の二階座敷は客待ちの他に、男女密会の場にも使われる。川政はそうではないが、船宿のなかには隠し売女《ばいた》を置いて商売をさせているところもある。酒や料理を運ぶのは女中で、それら一切を仕切るのは政五郎の女房・おはるだった。政五郎はあくまでも舟客相手の商売に徹している。

伝次郎と政五郎のいる場所は、他の客に見えないように衝立《ついたて》で仕切られていた。座敷の奥には床の間があり、違い棚がこしらえてある。誰が描いたのかわからないが、画人の軸がかけてあり、花をいけた小瓶が飾られていた。

傾く日が小名木川を染め、本所《ほんじょ》一帯の家々が黄ばんだように見えた。

「へえ、そりゃおまえさん目当てに乗ってくるんじゃねえか」

伝次郎が美弥という女の話をすると、政五郎が茶化すようにいった。

「そんなことはないと思いますが、なにか悩んでいるようなんです。いつも同じところをめぐるのもおかしなことで……」

「客にはいろんなのがいるさ。だが、いい女ならちょいと誘ってみてはどうだ。そのじつ、おまえに脈があるのかもしれねえだろう。どうせ、独《ひと》り身《み》なんだ。後添《のちぞ》いにもらうつもりで話してみる手もある」

「そんな、おれはもう年です。それにあの女には亭主がいるでしょうから……」

伝次郎はそういって静かに酒を飲んだ。

「相変わらずかたいことをいいやがる。ま、それがおめえさんのいいところなんだが……」

政五郎は嬉《うれ》しそうな笑みを口の端に浮かべ、酒をほした。

四

「うげっ。うー」

げっぷをしてぶ厚い唇を手の甲でぬぐった田辺藤蔵《たなべとうぞう》は、台所の蔀戸《しとみど》からくぐり抜けてきた一匹の虫をさっと手づかみすると、膝にたたきつけてつぶした。汚れた掌を、これも汚れて折《お》り目の崩れた袴《はかま》にこすりつけた。

魁偉《かいい》な男であった。腕も足も太く、筋肉質であったし、大きく開いている襟元にのぞく胸板も厚かった。身の丈六尺はある大男だ。そして、団子鼻に鬼のように剝いた眼を持つ醜男《ぶおとこ》であった。

通りを歩けばすれ違う者は必ずといっていいほど、道の端に避《よ》ける。それがおもしろくて、ときどき「があッ！」と獣《けもの》じみた声をだして、両手を広げると誰《だれ》もが身をすくませる。子供などは泣きだす始末である。

そんな男だから、女には縁がない。寄りつく女がいれば、よほどの変わりものか頭がおかしいとしか思えない。岡場所の女郎に逃げられたことも一度や二度ではない。それでも、藤蔵は女が好きだ。好きだがもてない。だから、ずっと独り身でいるしかない。

はけ口に使う女は暗闇にひそむ夜鷹《よたか》と、相場が決まっている。暗がりなら、藤蔵の醜いご面相も相手にはわからないから、逃げられるようなことはなかった。だが、その多くの夜鷹がしおたれた大年増か、五十近い老婆だった。

仲間にたしなめられても、

「ふん、相手が女ならかまうもんか」

と、恬《てん》として恥じない。

「おい、酒がねえぞ」

藤蔵は莫蓙敷きの床にひっくり返り、鼾《いびき》をかいている仲間の尻を蹴《け》った。

「あ痛ッ、なにすんだ」

鼾をかいて寝ていた村瀬《むらせ》八郎太《はちろうた》が、発条《ばね》仕掛けの人形のように起きあがった。

「酒がねえんだ」

「だったら買ってくればいいだろう」

八郎太はむくれ顔でいう。

「てめえ、金がねえのを知っていてそんなことをいいやがるとは……」

藤蔵が怒気《どき》を含んだ顔をしたので、八郎太はあとじさって慌てた。

「おれだって金がねえんだ。ありゃあとっくに酒ぐらい買ってるよ。それより、文《ぶん》五郎《ごろう》が遅くはねえか」

「そういや、そうだな」

藤蔵は戸口に目を向けた。

そこは昔は方丈《ほうじょう》とおぼしき茅葺《かやぶ》きの破れ家《やや》だった。横十間川《よこじっけんがわ》に架かる天神橋《てんじんばし》から東にしばらく行った亀戸村にあった。

「あの野郎、なにしに行ったんだ」

「金を作りに行くといって出ていったきりだよ」

「じゃあ、金をこさえてくるっていうわけだ」

「うまくいきゃそうだろうが、戻ってこなきゃわからねえことだ」

「あいつが金をこさえて来なきゃ、おれたちゃどうなる？」

「干《ひ》からびて死ぬだけだろう」

八郎太は投げやり口調でいって、脇の下をぼりぼりかいた。

「死んでたまるか。なんのために江戸に流れて来たと思ってんだ。金を稼ぐためにやってきたんじゃねえか」

「だけど、稼ぎ口がねえから困ってるんじゃねえか」

「ま、そりゃそうだ……」

藤蔵は肩を落とし、手にしている欠け茶碗をひっくり返して掌に打ちつけた。残っていた酒のしずくが、ぽとっと、一滴だけ落ちた。藤蔵はそれを舐《な》めた。

藤蔵と八郎太、そしてもうひとりでかけている稲津《いなつ》文五郎は、信濃国須坂《しなののくにすざか》から江戸に流れてきた浪人だった。元は須坂藩の郷士《ごうし》だったのだが、家禄もなければ耕す土地もなかった。小さな屋敷に狭い畑はあったが、ここ数年の天候不順で二進《にっち》も三《さっ》進もいかなくなっていた。須坂はもともと肥沃な土地柄ではない。藩も一万石と小さい。

郷士身分で豊かな暮らしなど望めなかった。苦しいのは藩も同じで、困窮《こんきゅう》の極みにあったし、財政を支える百姓たちも汲々《きゅうきゅう》としていた。旱魃《かんばつ》がつづいたかと思うと、今度は大雨である。冬になれば雪が積もり積もって、身動きできないほどになった。

作物は採れず、材木を売るために伐《き》り出そうとしても、悪天つづきではどうしようもなかった。百姓のなかには草や木の根を食べて、空腹を紛らわすものもいたし、犬や猫を食うものさえ現れた。

肝腎《かんじん》の藩主は在国しておらず、領内を預かっている国家老《くにがろう》は手をこまねいているばかりだった。

「こんな国にしがみついていたら、死ぬのを待つようなもんだ」

藤蔵たちはなんの未練もなく、須坂をあとにしたのだった。目的は華の江戸に出ての一稼ぎである。だが、江戸も諸国から流れてきている浪人らであふれ、行き倒れるものたちもめずらしくなかった。

世にいう天保《てんぽう》の大飢饉《だいききん》の予兆は、諸国だけでなくすでに江戸にもあったのだ。

「また、道場荒らしでもやるか……」

藤蔵がぼそっと声を漏らすと、柱に背中を預けていた八郎太が、半身を乗りだした。

「やる気になったか」

「他に稼ぎ口がなけりゃしょうがねえだろう」

藤蔵は気乗りしない口調だ。町外れの小さな道場に乗り込むのはいいが、相手は藤蔵を見ただけで、些少《さしょう》の金包みを差しだして、体《てい》よく追い払っていた。立ち合いに応じる道場もあったが、勝負に勝ったところでもらえる金は高が知れていた。そんなことでは先行きの見とおしが立たない。

「藤蔵、やるしかねえだろう。おまえさんが頼みなんだよ」

「まったくてめえらは勝手なことばかりほざきやがって、おれの身にもなってみやがれ」

「しばらくは我慢するしかねえだろう。それとも盗みでもやっちまうか……」

八郎太は真剣な眼差《まなざ》しを藤蔵に向ける。

「うまくいきゃいいが、なかなかそうはいかねえだろう。それは最後の手段だ」

そのとき、戸がガラッと開いて、稲津文五郎が帰ってきた。

「藤蔵、明日道場破りをやってもらうぞ。話をつけてきた」

ずかずかとあがりこんできた文五郎は、どっかりとあぐらを組んで座った。

「おめえも道場破りか。くそ、こうなったらしょうがねえか。それで、どこの道場だ？」

「本所長岡町《ながおかちょう》に天聖館《てんせいかん》という小さな道場がある。道場主は老いぼれだし、弟子もたいしたことないようだ。明日はうまく話をつけて、おれが金をふんだくってやる」

文五郎は豆粒のような目を細める。

「儲《もう》かってる道場かい？」

八郎太が文五郎のそばにやってきた。

「傍目《はため》にはそう映らねえようだが、亀岡宗右衛門《かめおかそうえもん》という道場主は金をしっかり溜め込んでいるらしい。なんでもそういう話だ。それより藤蔵、おもしろい話がある」

文五郎は藤蔵に体を向けた。

「なんだ？」

「二、三日前に祝言《しゅうげん》を挙げたっていう夫婦もんがいるんだ。いまから乗り込んで遊ぼうじゃねえか。酒も食い物もたっぷりあるようだ」

「ほんとうか」

藤蔵は目を光らせた。

「さっきまで客がいたようだが、もう引けてるはずだ。それに、使用人もまだ雇っていねえから、家には若い夫婦もんだけだ。どうする？」

「行こうじゃねえか。おれは腹も減ってるし、酒も飲みてえ。それに祝言を挙げたばかりの夫婦もんと聞いちゃ、じっとしておれねえ」

にやりと笑った藤蔵の目に残忍な光が宿った。

「案内しろ」

五

新婚夫婦の屋敷は、藤蔵たちのねぐらからほどない深川元町代地《ふかがわもとまちだいち》にあった。町屋のほうではなく、武家地のほうだ。旗本や御家人たちの屋敷で、その広さもまちまちだった。

めあての屋敷は柳島村《やなぎしまむら》の百姓地に近いところにあった。隣の屋敷とも少し離れていて、しかも竹林で隔てられている。二百坪ほどのこぢんまりした茅葺きの家で、屋根の向こうにおぼろ月が浮かんでいる。

雨戸の隙間から細いあかりの条《すじ》がこぼれていた。藤蔵は団子鼻の脇をさすって、文五郎を見た。

「なんていう名だ?」

「小笠原《おがさわら》なんとかというらしいが、名前なんかどうだっていいだろう」

「まあ、そうだな。文五郎、おまえが行け」

藤蔵が顎をしゃくると、文五郎は冠木門《かぶきもん》を入った。門の造りからすると、旗本格のようだ。だが、藤蔵の関知することではなかった。幸せものはいたぶるにかぎる。

「こんばんは。お頼み申す」

文五郎は玄関の前で声をかけ、藤蔵と八郎太を振り返った。豆粒のような目を嬉しそうにほころばせる。

「どなたで？」

「近所のものですが、めでたく祝言を挙げられたと聞き、一言お祝いを述べさせてもらいたいと思いまして……」

戸の内側に人の立つ気配があった。藤蔵が文五郎と入れ替わって立つ。

玄関戸は滑りがよく、音もなくすっと開けられた。夜目にも青々とした月代《さかやき》の若い男が顔をのぞかせた。くつろいでいたらしく浴衣《ゆかた》姿だ。

だが、藤蔵をひと目見るなり、驚いたように目をみはった。

「おてまえは……」

みなまでいわせず、藤蔵の大きな手がその口を塞《ふさ》いだ。相手は抗おうとしたが藤蔵の怪力によって、いともあっさりと式台にねじ伏せられてしまった。すぐさま八郎太が用意した紐《ひも》で、後ろ手に縛り、猿《さる》ぐつわを噛《か》ませる。

「どうかなさいましたか……」

奥の間から艶やかな女の声がした。新妻であろう。その亭主は式台に転がされて「うう、ううっ」と、うめきを漏らしている。

藤蔵がずかずかと座敷にあがり込んだとき、一方の襖が開き、さっとあかりが射すと同時に新妻が現れた。亭主と同じ浴衣姿であった。その目が驚愕《きょうがく》していた。悲鳴もだせずに、棒立ちである。

藤蔵が醜い顔に笑みを浮かべると、初めて新妻は悲鳴を発した。だが、それはすぐに藤蔵の手によって遮《さえぎ》られたばかりか、着ていた浴衣をばっさりと剝《は》ぎ取られていた。

新妻は湯文字《ゆもじ》をつけていたが、上半身は裸である。小振りではあるが形のよい乳房が、燭台《しょくだい》のあかりに染まっていた。白くて若々しいつややかな肌は、まるで搗《つ》きたての餅《もち》のようだった。

「うひひひッ……」

八郎太が下卑《げび》た笑いを漏らして、居間にどっかりあぐらをかいた。その前には二つの箱膳があり、料理がのっていた。畳に置かれた丸盆には銚子が三本。

「おい、食い物があるぜ」

酒もだといって、八郎太が藤蔵と文五郎を見る。藤蔵は鬼の形相《ぎょうそう》になって、新妻をにらんだ。

「騒ぐな。騒いだら命はないと思え」

そういうなり、どんと新妻を押し倒した。新妻は尻餅をついたまま恐怖に怯《おび》え、はっと気づいて両手で胸を隠した。後ろ手に縛られた亭主が尺取《しやくと》り虫のように這《は》って座敷にやって来、必死になにかを訴えていた。目に涙さえにじませている。

三人は亭主のことなど気にせず、新妻を眺めながら酒を飲み、箱膳にのっていた料理に手をつけた。尾頭《おかしら》つきの鯛《たい》の塩焼き、海老《えび》の天麩羅《てんぷら》、豆と里芋《さといも》の煮物、烏《い》賊《か》と若布《わかめ》をあえた酢の物。重箱には赤飯が入っていた。久しぶりのご馳走《ちそう》だった。

三人は飢えた野良犬のように、それらの料理を平らげ、酒を飲んだ。酒は一斗樽《いっとだる》にたんまりあり、飲みきれないほどだ。

新妻はそんな三人を、座敷の隅にうずくまって放心の体で見ていた。亭主が近づこうとすると、

「それ以上女房のそばに近づいたら、ただじゃおかねえッ！」

と、八郎太が一喝する。小柄でぺちゃっとした鼻をつけた八郎太は、藤蔵ほど他人を威圧できる男ではないが、頬に一寸ほどある古傷が他人に警戒心を与えていた。怒鳴られた亭主は、涙目になって裸同然の妻を見ては、藤蔵らに慈悲を請う目を向けてきた。この先どんな展開が待ち受けているのか不安でならないのだ。

藤蔵は五合の酒を飲んで、すっかりいい気分になった。八郎太も顔をまっ赤にしているし、文五郎も腹をなでさすって満足げだ。

「さてさて……」

酒に満足し、腹の落ち着いた藤蔵は、新妻を舐めるように眺めた。

「いい女じゃねえか……げへっ」

酒でぬめるように光っている唇を、ぶっとい指でなでる。

「やるか」

文五郎が聞く。とたんに、亭主がやめろというように首を振る。猿ぐつわから漏れる声は涙まじりで、情けなくもべそをかいている。

「やれ」

藤蔵が文五郎に指図《さしず》した。亭主と新妻の顔に恐怖が走る。

文五郎がゆらりと立ちあがると、新妻が畳を這うようにして逃げた。だが、文五郎はさっと、片腕をつかみ取り、新妻の腰から下を隠していた湯文字をさっと引き抜いた。

「ひょー」

八郎太が口を鮹《たこ》にして、嬉しそうな声を漏らした。

新妻はあまりの恥ずかしさに、背を丸めてうずくまり、

「やめてください。こんなことをしてただですむと思うのですか……」

と、声をふるわせる。

「へえ、ただですまねえというのか。おもしれえ」

藤蔵は手許にあった酒を飲んで、言葉を継いだ。

「じゃあ試してみるか」

藤蔵が立ちあがると、新妻が青ざめた顔をさっとあげた。なにもできない亭主も、助けてくれといわんばかりの顔で体をもがかせた。

「しょんべん、ちびったりするんじゃねえぜ」

藤蔵はのしのしと歩みを進め、新妻のそばに立った。助けを呼んだらどうだといって、新妻を見下ろす。助けを呼べないのはわかっている。人が来たところで、恥をかくだけなのだ。亭主は虫けらのように転がされ、女房は素っ裸なのだから。

藤蔵は新妻の髪を乱暴につかんで立ちあがらせた。泣きそうな顔が目の前にある。鼻筋の通ったいい女だ。目の縁から涙がこぼれている。

藤蔵は頬をつたうその涙をぺろっと舐めてやった。新妻は肩をふるわせ、ぎゅっと目を閉じて我慢した。ぺろぺろっと藤蔵は、新妻の鼻や顎を舐める。

強く髷《まげ》をつかまれ爪先立ちさせられている新妻は逃げることができない。舐められるたびにぶるっと体をふるわせ、鳥肌を立てた。藤蔵は酒臭い息を吐きながら、新妻の首筋からうなじを舐めると、それで満足した。もちろん手込めにすることも考えたが、酒に酔ったいまは用をなさないし、手込めにすれば面倒になることを知っていた。

つかんでいた髷から手を放すと、新妻はどさりと畳にくずおれ、海老のように身をまるめた。藤蔵、どうするんだと文五郎が聞く。文五郎も八郎太もやる気満々の顔だ。だが、藤蔵は二人の思いをかなえてやろうとは思わなかった。

「縄を持ってこい」

いいつけると、八郎太が家のなかを探しまわって手ごろな長さの荒縄を持ってきた。藤蔵はそれを使って、素っ裸の新妻と亭主を背中合わせに縛りつけた。それから、ひょいと二人を抱えあげ、

「おい、引きあげるぞ」

と、それだけをいって屋敷を出た。藤蔵に抱えられた新婚夫婦は、気が動転しているようだった。亭主は猿ぐつわの隙間から助けを請う声を漏らしつづけていたが、新妻は恐怖に負けて、ついに失神してしまった。

藤蔵はその二人を道の真ん中に置き去りにすると、

「帰る」

といって、さっさと自分たちのねぐらに引き返した。

人気《ひとけ》のない往来に置き去りにされた新婚夫婦は、うすい月あかりを受けてひとつの影になっていた。

六

ひとり書斎にこもっていた水野主馬はつと縁側に立つと、うすい絹のような雲に遮られたおぼろ月を見あげた。顎の下に小豆《あずき》大の黒子《ほくろ》があるが、整っている顔の造《ぞう》作《さく》を邪魔《じゃま》するものではなかった。

瞼《まぶた》の裏に宮川りつの顔が浮かぶ。そして、あの柔肌《やわはだ》の感触が甦《よみがえ》ってくる。

（わたしとしたことが……）

主馬は唇を嚙んで、自分を腑甲斐《ふがい》ないと思う。しかし、りつへの未練を断ち切ることがどうしてもできなかった。すでに他家に嫁いだ女である。いまさらどうなるわけではなかった。それでも、主馬はりつのことが忘れられなかった。

あれ以来、妻とも肌を合わせていない。その気になれないのだ。かといって花街で無聊《ぶりよう》を慰めるわけでもなかった。ただ、悶々《もんもん》とりつのことが頭から離れないのだ。

（こうなったからには……）

主馬は思いを決して、障子《しようじ》を閉めると外出の支度にかかった。夜更けではあるが、かまうことはなかった。一度、りつの嫁ぎ先を見ておきたい。そして、あらためて自分の心に踏ん切りをつけるのだといい聞かせた。

着流しに、大小を腰に差すと、

「夜風にあたってくる」

と、玄関のそばにいた中間《ちゆうげん》にいいおいた。

「もう遅うございますが、どちらへ？」

水野家に長く仕えている源七《げんしち》という中間《ちゆうげん》は、目をぱちくりさせて訊ねる。

「その辺を歩いてくるだけだ。考えがまとまらなくてな」

主馬は提灯《ちようちん》を用意させると、そのまま屋敷を出た。表は薄い靄《もや》がかかったようになっていた。屋敷は御竹蔵《おたけぐら》の近くにあり、しばらく行くと南割下水《みなみわりげすい》に出る。そのまま掘割沿いに歩いた。夜風が気持ちよかった。大名屋敷もあるが、周辺には大小の旗本や御家人の拝領屋敷が広がっている。武家地の塀越しに浮かぶ植木が黒い影となっていた。

りつの住まいへはそのまままっすぐ歩いていけばよかった。りつが嫁いだという話を聞いたのはずっと前のことだ。祝いの言葉をかけてやることも、また新居を訪ねることもはばかられたが、使用人に祝儀を持たせてやっていた。

これから行って会えるなどとは思わないが、りつの家を自分の目でたしかめておきたかった。提灯のあかりでできた自分の影が、足音を忍ばせて歩く道で揺れていた。

(できることなら、もしできるならば、りつをわたしのものにしたい)

思い詰めた顔で道を拾ってゆく主馬は、胸の内で呪文《じゆもん》のように繰り返した。

もちろん、そんなことはできない。妻とは離縁などできないのだ。ならば、りつを妾にできないかと思う。だが、相手は人妻である。できるわけがない。

「ああ、わたしとしたことが……」

つぶやきを漏らした主馬は、同時に深いため息をついた。


必死の思いで表道から屋敷に戻った小笠原慎之丞《しんのじよう》は、キュッと帯を締めて着衣を整えると、ふっと大きく嘆息をして宙の一点をにらむように見据えた。

深い恥辱と同時に滾《たぎ》るような憤怒《ふんぬ》が腹の内にあった。表道に捨てられたように置き去りにされた慎之丞は、皮膚が切れ血がにじんでも体を動かしつづけた。そのことで縛《いまし》めが徐々にゆるみ、どうにか家に戻ることができたのだ。妻が裸では助けを呼ぶこともできず、また人に見られたくもなかった。

「どうされるのです？」

さっきから泣きつづけている妻が顔をあげた。

慎之丞はそばに座って、妻と向かい合った。

「可哀相《かわいそう》に……」

つぶやくようにいうと、妻の目からまたほろりと涙がこぼれた。

「このまま引き下がってはおれぬ。そなたを辱《はずかし》めたあやつらを野放しにしておくことはできぬ」

「……………」

「放っておけば、あやつらはまたやってきて、好き放題な真似《まね》をするに決まっている。そんなことはさせられない。思い知らせてやらなければ、これから先も狼藉《ろうぜき》を許すことになる」

「でも、あの男たちをあなた様ひとりで……」

「やらねばならぬ。わたしは武士だ。辱めを受けたままで死ねようか。泣き寝入りをすれば、恥を忍んで生きることになる。そんなことはできない。返り討ちにされようが、この恨みを報いてやらねばならぬ」

「でも、あなた様の身が……身が大事なんではございませんか……」

「この身を案じていてはやつらを許すことになる。そなたも、また同じ目にはあいたくなかろう。今夜のことは他人様《ひとさま》にいえることではない。そうではないか……」

妻は唇を引き結んでうつむいた。膝の上に置いた手をゆっくりにぎりしめる。慎之丞は妻を励ますように、細い肩に手を添えた。

「心配いたすな。夜が明けるまでには帰ってこよう」

さっと妻の顔があがった。

「どうしても行かれるのですか……。なにか他に手立てはないものでしょうか」

「他にどんな手立てがあるという。そんなものはない」

きっぱりといった慎之丞は、大小を引きよせた。

「案ずるな」

一言いって立ちあがった慎之丞に、新妻がすがりついてきた。

「無事に帰ってきてくださいませよ」

「うむ」

慎之丞はそのまま家を出た。男たちは東に向かっていた。そう遠くに行ってはいないはずだ。それに三人とも酔っていた。立ち去っていくときは千鳥足《ちどりあし》だった。

そうだ。相手は酒に酔っている。素面《しらふ》ではない。

(勝てる)

と、慎之丞は思った。

三人の家がわかれば、押し入って寝首を掻《か》くことができる。とにかくどんなことがあっても、意趣を返さなければならない。

慎之丞は辱めを受けた妻を目の前にして、なにもできなかった自分が歯痒《はがゆ》かった。妻に対して恥ずかしくもあった。たとえ体を縛られていたとしても、もっと強く抗《あらが》っておけば、妻はあそこまで辱めを受けることはなかったのではないかと思った。

慎之丞は近くの町屋を歩きまわった。夜はすっかり更けていたが、開いている店がまだあった。小さな居酒屋だ。慎之丞は店の戸を開け、男たちがいないと、黙って戸を閉めた。

道の遠くに視線をやり目を凝らすが、人の姿はない。通りの先は闇におおわれているばかりだ。それでも慎之丞は血走った目をあたりに配りながら歩きつづけた。天神橋をわたり、亀戸天神前を過ぎる。門前町はひっそりと夜の闇に包まれている。

梟《ふくろう》の声が聞こえた。慎之丞は背後を振り返った。男たちはどこにもいない。それでもあきらめてはならぬと足を進めると、町屋の外れに目にとまる小さな店があった。板戸の隙間から表にあかりがこぼれている。居酒屋でもなければ料理屋でもない。昼間でも見過ごしそうな小さな商店だ。

（ここか……）

慎之丞は生唾《なまつば》を呑み、息を殺してその店の前に立った。耳をすますが、屋内の声は拾えない。それでも人の気配がある。思い切って訪《おとな》いの声をかけると、しゃがれた声が返ってきて、戸が開けられた。

顔を見せたのは頭髪の薄い老爺《ろうや》だった。慎之丞は店の奥に素早く視線を走らせたが、さっきの男たちはいなかった。居間の暗がりにちんまりと座った老婆がいるだけだった。

「わたしは小笠原と申すものだが、探している男たちがいる。そのほうらに覚えがあれば教えてもらいたい」

そういってから三人の人相風体《ふうてい》を話した。

年老いた亭主は一度女房を振り返ってから、

「あの浪人たちかもしれねえな」

といって、慎之丞に顔を戻した。

「知っているか」

慎之丞は目を輝かした。

「おそらくこの先の村にいる浪人では……」

亭主はそういってから詳しく場所を教えてくれた。

その家は町屋が切れ、百姓地に入ってすぐ先にあった。一柳《いちやなぎ》某という旗本の抱《かかえ》屋敷《やしき》のそばで、裏に雑木林《ぞうきばやし》を背負っていた。昔は寺院だったらしく、傾いた建物はわずかに方丈の体をなしていた。

慎之丞は足音を忍ばせ、提灯の火を吹き消して雑草だらけの庭に足を踏み入れた。息を殺して雨戸に耳をつけると、大きな鼾が聞こえてきた。

（おそらく、ここにまちがいない）

必死の形相になった慎之丞は、ゆっくりと大刀を抜き払い、戸口の前に立った。

（相手は酔っぱらいだ。残らず撫《な》で斬りにしてくれる）

意を決し、口を真一文字に引き結び、戸口に手をかけた。

第二章　天神橋

一

建て付けの悪くなっている戸は、がたぴしと音を立てて開いた。その音が慎之丞にはやけに大きく聞こえたが、すぐそばの板の間に寝転がっている三人の男たちは気づきもしなかった。

慎之丞の胸には憤怒と恐怖が入りまじっている。興奮のせいで胸の鼓動が高鳴っていた。ここで怖《お》じけてはならぬと、自分にいい聞かせる慎之丞は、らんと双眸《そうぼう》を光らせ、男たちを凝視した。

やはりそうであった。妻を辱めた大男と、ぺちゃ鼻の小男。そしてもうひとり、豆粒のように目の小さな男だ。

慎之丞は刀の柄《つか》を持つ手に力を込めて、静かに足を進めた。古い有明行灯がともっている屋内には、酒臭い匂いが充満していた。

慎之丞の影が、寝ている男たちに近づいた。

がちゃん。

足許に転がっていた欠け茶碗が音を立てた。ビクッと、慎之丞は体をかたくした。自分が蹴ったのだと気づく。隙間風が破れ障子をひらひら揺らしている。

慎之丞は大男を先に斬るつもりだった。丸太のような腕と足。樽のように厚い胸は毛むくじゃらだった。

「ううん……」

ぺちゃ鼻の男がうめくような声を漏らして寝返りを打った。気づかれたのではないかと思い、慎之丞は後ずさった。そのとき、転がっていた銚子に踵《かかと》が触れた。銚子はころころと小さな音を立てながら板の間を転がった。

その音で寝返りを打ったぺちゃ鼻の目が開いた。一瞬、慎之丞と目があった。

わずかな間――。

慎之丞の心の臓が、ビクンとはねた。

「誰だ！」

ぺちゃ鼻が半身を起こした。これはしたりと、抜き身の刀で斬りかかったが、切っ先がガッと鴨居《かもい》に食い込んで振り下ろすことができなかった。その間に、ぺちゃ鼻は横に飛んで、

「おい、起きろ！ さっきの野郎が仕返しにきやがった」

と喚《わめ》いたものだから、大男も豆粒目も慌ててはね起きた。もはやこれまでと観念した慎之丞は、大男に突きを見舞った。体に似合わず大男は敏捷《びんしよう》に横に逃げた。

「おぬしら許しはせぬ。覚悟しろ！」

慎之丞は刀を横に薙《な》ぎ払って大男に迫ったが、ぺちゃ鼻が煙草盆《たばこぼん》を投げつけてきた。慎之丞は片腕でそれを防ぎ、片手斬りの一刀を大男に見舞った。しかし、それは空《くう》を切った。その刹那《せつな》、大男が刀を抜くのが見えた。豆粒目も刀を抜き払った。怯《ひる》んではならじと、慎之丞は大男に鋭い斬撃《ざんげき》を送り込んだが、刀の棟《むね》ではじき返された。そればかりではなく、右肩に強い衝撃があった。背後から豆粒目に斬りつけられたのだ。慎之丞は片膝をつくと、後ろにさがった。そこへ大男が獣のように

突進してくる。迫ってくる男の姿が視界いっぱいに広がった。

(殺される)

慎之丞は恐怖しながら、必死になって背後に逃げた。土壁に強く背中を打ちつけたとき、大男の刀が、ぶうんとうなりをあげて風を切った。慎之丞はかろうじてかわしたが、もはや劣勢は明らか。このままでは犬死にである。

入ってきた戸に体当たりをして表に転がりでた。派手な音が夜の闇に吸い取られた。

「待ちやがれッ」

誰だかわからないが背後からまた斬りつけられた。

「うぐッ」

背中を斬られた。だが、興奮しているためか痛みはさほど感じない。そのままこけつまろびつしながら必死に駆けた。

慎之丞は手で闇をかきわけるようにして走る。心の臓がドキドキと高鳴っている。はあはあと吐く、荒い息づかいが耳に届くが、それが自分のものであるのか追ってくる男たちのものであるのかわからなかった。後ろを振り返りたかったが、恐怖が勝《まさ》っており、そうすることができなかった。

先のほうに小さなあかりが見えた。居酒屋のようだ。救いを求めようかと頭の隅で思うが、町人たちに頼めたものではない。それこそ武士の沽券《こけん》に関《かか》わるし、相手も力になってくれるとは思えない。

天神橋をわたったとき、背後に人の気配を感じなくなった。恐る恐る振り返ると、弱々しい月あかりを受けた道が白く浮きあがっているだけだった。追ってくる男たちはいなかった。

ぜえぜえと肩を喘《あえ》がせながら、遠くの闇を凝視した。あの男たちは酒を飲んで酔っていた。普段のような体力はないはずだ。しかし、酔いが醒《さ》めればまた家に押しかけてくるかもしれない。そうなったときのことを考えると、じっとしておれない。

とにかく家に帰らなければならない。再び小走りになったとき、斬られた肩と背中に痛みを感じた。じんじんと鈍くうずくような痛みがある。

肩を触《さわ》ると掌がべっとりと血で濡れるのがわかった。背中にも血が流れているようだ。

慎之丞は歯を食いしばって家に辿《たど》りついた。玄関に転がるように入ると、

「いかがなされました」

と、驚いた声を発して妻が駆けよってきた。

「しくじった」

慎之丞は悔しそうな声を漏らした。

「あやつらがまた来るかもしれない」

新妻の顔がはっとこわばる。それから、怪我《けが》をしているではありませんか、斬られたのですかと心配顔になった。

「傷は浅い。これしきどうということはない。それより、この家にいては危ない」

「いかがされます」

慎之丞は蒼白《そうはく》な妻の顔を見た。そのとき、もう生きてはいけないという絶望感が胸の内に広がった。

「そなたは逃げろ」

「あなた様は……」

「わたしは……わたしは……」

慎之丞は言葉を切ってから、

「もはや生きてはおられぬ。これほどの屈辱を受けたうえにそなたには男として見苦しいところを見せてしまった」

と、顔に苦渋の色を浮かべた。

「いけません」

妻は強くかぶりを振った。

「よい、そなたはわたしにかまうな」

慎之丞はよろよろと座敷にあがると、どっかりあぐらをかいて、宙の一点を凝視した。乱れていた呼吸が少しずつおさまってくるが、胸の内にはいろんなことが渦巻いていた。

「そなたを幸せにしてやれなかった。夫婦の契りを結んだばかりだというのに……」

慎之丞は唇を噛んだ。悔し涙が両の目からあふれた。

「死んではなりません。死んではなりません。いっしょに逃げましょう。生きていれば、きっといいこともあります」

「恥をかいたまま生きろと申すか」

キッとした目で慎之丞は妻をにらんだ。

「……そんなことはできぬ。ごめん」

慎之丞は脇差《わきざし》を抜いて、切っ先を喉《のど》にあてた。

「そなたは逃げよ」

そういうなり、脇差をにぎる手に力を入れた。

二

深川常盤町《ときわちょう》の近くに、土地のものが鎮守様《ちんじゅさま》と呼ぶ神明社《しんめいしゃ》がある。別当《べっとう》は泉養寺《せんようじ》であるが、信心深い町のものはなにかあるとすぐに願掛けに詣《まい》る。

いまその境内《けいだい》の隅でひとりの男が、木刀を持って汗を流していた。

沢村伝次郎である。素足に股引、腹掛け一枚という奇異《きい》ななりだが、いまは船頭になっている身だから、その出《い》で立《た》ちだった。その体にはうっすらと汗が浮かんでいた。

うむっ、うむっと、すり足を使って木刀を振りつづけている。境内の林のなかで鳥たちがさえずりをあげている。木々の葉や塀際の雑草が夜露に濡れてしっとりしていた。

東の空に浮かぶ雲に、わずかな日の光がにじみ、徐々に明るさを増していた。灰色がかった雲はゆっくり赤みを帯び、一部は背後の空と溶けあいうすい紫色に変じていた。

伝次郎は幼いころから一刀流を鍛錬してきた。稽古をつけてくれたのは、いまは亡き父・伝之助《でんのすけ》だった。もし、兄が早世《そうせい》していなければ、その稽古は伝次郎にはつけてもらえなかったかもしれない。

稽古は伝次郎が同心《どうしん》見習いから本勤め並になるまでつづけられた。もっともつらかったのは、庭に霜柱の立つ冬の稽古だった。

だが、そのおかげで伝次郎の足腰は鍛えられ、その後通った鉄砲洲《てつぽうず》の顕技館《けんぎかん》という町道場でめきめきと頭角を現し、江戸の三大道場といわれる玄武館《げんぶかん》・練兵館《れんぺいかん》・士《し》学館《がくかん》の高弟を打ち負かすほどになった。

本勤めになってからはなかなか鍛錬を積むことができなかったが、それでも北辰《ほくしん》一刀流《いつとうりゆう》の玄武館の師範代に、

「あのものに竹刀《しない》で勝てたとしても、真剣での撃ち合いになれば勝てるものはいない」

と、いわしめていた。

伝次郎はそれだけ実践的な剣法をきわめていたのだ。おそらく同じ町奉行所の同心だった父の教えがあったからだろう。町方《まちかた》の同心は、罪人を相手にする仕事であるから、生半可《なまはんか》な竹刀の試合で鼻を高くなどしておれない。斬るか斬られるか、それこそ死を賭《と》して罪人を捕縛《ほばく》しなければならないのだ。

「伝次郎、油断いたすな。敵はどこから現れるかわからぬのだ。その角から突然襲いかかってくるやもしれぬ。頭上の木の上からの攻撃もあろう。あるいは、卑怯《ひきょう》にも背後から足音を忍ばせて撃ちかかってくるやもしれぬ」

そういう父は、道場で使う竹刀を用いなかった。常に真剣より重い木刀を使用した。

「逃げるなッ」

炯々《けいけい》と双眸を光らせて注意されるのは、常にそのことだった。

どんなに鋭い斬撃を受けても、逃げてはならない。捨て身の覚悟がなければならないと父は諭《さと》した。つまり相討《あいう》ちの覚悟で敵に撃ち込めというのである。それが一刀流の「切落《きりお》とし」という極意であった。

伝次郎は徐々に腕をあげてゆくにつれ、剣術というものが、そして一刀流がなんたるものであるかを悟っていった。

それは奇《く》しくも、一刀流の極意のひとつ「無想剣《むそうけん》」だった。これは心・技・体（刀）を一体化させ、敵の心の内を読み取り、無意識のうちに敵を倒すというものであるが、伝次郎は無念無想の境地をきわめようとすればするほど、周囲のものたちへの気の配り方や、思いやりがいかに大切であるかを知るようになった。

つまり、兵法者というのは一個の立派な人間でなければならないということだった。

鳥のさえずりが高くなり、東の空がきれいな朝焼けを呈した。その空を数羽の鴉《からす》が飛んでいた。

素振りから形稽古《かた》に入った伝次郎は、仮想の敵をそこに見出《みいだ》している。すっと右足を進めるなり、仮想の敵の剣を打ち払い、喉を突くと見せかけ、左小手《こて》を斬る。左足を軸にして反転するや、大きく刀を自分の脇に引きさげる。このとき、敵から伝次郎の刀身は見えない。

臍下《せいか》に力を入れ、腰を据えながらじりじりと爪先で地面を噛み、間合いを詰めるなり、一太刀《ひとたち》横薙ぎに振り切る。転瞬、体勢を整えると、霞《かすみ》の構えに入っている。刀は上段にあり、撃ち込んで来ようとする敵の面を狙い定めて、一足飛びの一撃。すぐさま青眼《せいがん》の構えに入り、敵が撃ち込んでくる刀をすりあげながらからめ取り、敵の喉を突く。さらに右に跳んで青眼の構えに戻ると、向かってくる敵の刀を払い、すかさず顔面を斬り下げる。

残心《ざんしん》をとった伝次郎の額に浮いた汗が頰をつたい、するするっと顎からしたたった。

残心の姿勢から両足を揃《そろ》えて、ゆっくり蹲踞《そんきょ》して木刀を腰におさめた。そのとき、木々の間から光の条がさっとのびてきて地上を照らした。

稽古を終えた伝次郎は、参道に戻り、そして本堂に向かって一礼する。いい汗を流したあとは、いつも爽快《そうかい》である。暇があれば、いつでも稽古をやりたいと思うが、なかなか思うようにはいかない。それでも、二、三日置きには神明社に稽古に来ている。

自宅長屋に戻ると、汗をぬぐい、さらさらっと茶漬けをかき込んだ。すでに長屋の連中は起きており、出職《でしょく》の亭主を急き《せ》立てるおかみの声がする。隣近所はどこも竈《かまど》に火をつけているから、開け放している戸から、その煙が入り込んでくる。魚を焼く匂いもそれにまじる。厠《かわや》に急ぐ子供が路地を駆けていって、

「おじさん早くしておくれよ、漏れそうなんだよ」

といっている。

軽い朝餉で空腹を満たした伝次郎は、舟を繋いである芝翫河岸に向かった。以前は菰《こも》に包んだ大刀を持ち歩いていたが、いまは手ぶらである。

あるとき、親子の客が乗り込み、やんちゃな子供が舟のなかをおもしろがって動きまわり、伝次郎の刀に気づき、

「あ、おじさんここに刀があるよ」

と、伝次郎を見た。

驚いたのはその子の親だった。ギョッとした顔で伝次郎を見て、化け物にでも会ったような怯え顔をした。これはいけないと思った伝次郎は、それ以来舟に刀を持ち込まないようにしていた。

いざとなれば、槍術《そうじゅつ》も身につけている伝次郎には棹や櫓も武器になる。

すでに河岸場はにぎわっていた。そばにある船宿「川政」の船頭たちも、舟の手入れをはじめていた。俵物《たわらもの》を積んだ荷舟が往《い》き来していた。

伝次郎は雪駄《せった》から足半《あしなか》に穿きかえる。滑り止めの踵のない草履《ぞうり》である。職人結びにした帯をぐいと押し下げ、頭に豆絞りの手拭いを巻く。昇りはじめた日が、まぶしく小名木川を照らしていた。

舟底に溜まった淦《あか》をすくっていると、

「伝次郎さん、おはようございます」

と、華やいだ声が雁木の上でした。ひょいと顔をあげると、まぶしげに朝日を浴びた千草《ちぐさ》が立っていた。手に籠《かご》を下げているので、買い出しに行ってきたようだ。

「ああ、おはよう。早いじゃないか」

「買い出しですよ」

やはりそうであった。応じた千草はにこにこと嬉しそうである。小股《こまた》の切れ上がったいい女だ。亭主に死なれているが、明るくて気っ風《きぷ》のいい女だ。近くで「めしちぐさ」という飯屋をやっている女将《おかみ》である。

「なにかうまいものでも仕入れてきたか」

伝次郎は千草の顔を見ると、妙に顔の締まりがなくなる。

「ちゃんと仕入れてきてますよ。でも、教えないわ。食べに来たらわかるけどね」

千草は笑みを浮かべたまま、いたずらっぽくいう。

「それじゃ食いに来てくれといってるようなもんじゃないか」

「あら、来てくれないの」

千草は少しふくれ面《つら》をしてみせる。

「うまいものがあるんだったら行かずにはおれないな。今夜顔を出すよ」

「じゃあ待ってますよ。きっと来てくださいましよ」

千草は笑顔を振りまいて帰っていった。

それから小半刻後に二人の客を駒形まで送り、帰りにひとりの客を昌平橋《しょうへいばし》まで送った。そのまま帰ろうとすると、旅の途中だという年寄り夫婦が山谷堀へやってくれという。なかなかの繁盛である。

新たな客となった年寄り夫婦は、聞かれもしないのに自分たちのことや、旅のことをあれこれとしゃべった。二人は川越《かわごえ》からやってきた隠居夫婦だった。隠居するまで畳屋をやっていたらしいが、めでたく倅《せがれ》に跡を継がせたので、ちょっとした旅行だという。

山谷堀に行くのは吉原《よしわら》を見物して、待乳山《まっちやま》に参拝したあとで名物の菜飯《なめし》を食うためだという。さんざん夫婦喧嘩《げんか》をしてきたが、この年になると女房のありがたみがわかると、亭主のほうがいう。

「わかるのが遅すぎるんだよ」

年取った女房は欠けた歯を見せて、けらけらと笑った。

その夫婦を降ろすと、いったん高橋に帰るつもりだったが、吾妻橋《あづまばし》の手前で気が変わった。横川を流してみようと思ったのだ。客が拾えるかもしれないし、また美弥と名乗った女に会えるかもしれないと考えたからだ。

もし、今日も美弥が客になったら、なぜ同じところをまわるのかと聞いてみようと思った。伝次郎の猪牙舟はゆっくりと業平橋を過ぎ、南へ進んだ。正面から日の光を受けるのでまぶしい。目を細めながら河岸道を見るが、客になるような人もいなければ、美弥の姿もなかった。

結局、竪川まで来たが、舟は空《から》のままだった。美弥に会えなかったことを残念に思い、竪川を進んで大川に出ることにした。

行き交う舟の数が多くなっていた。たまに高瀬舟《たかせぶね》や屋根舟に出会ったが、やはり荷舟が多い。どれもこれも商家が雇った舟である。なかには石川島《いしかわじま》の沖合からやってくる舟もある。これは艀《はしけ》である。石川島の沖合に停泊している樽廻船《たるかいせん》からおろした荷物を江戸市中に届けるのだ。

二ツ目之橋を過ぎたとき、伝次郎はひとりの女に気づいた。右手の相生町《あいおいちょう》河岸の通りを、血相変えて駆けている女がいたのだ。裾をからげているし、足を動かすたびに赤い蹴出《けだ》しがのぞいていた。

美弥だった――。

美弥は人をかきわけるようにして駆け、髪を振り乱している。伝次郎は川岸に舟をつけると、ひょいと河岸場に降り立ち、近づいてきた美弥に声をかけた。

「これは先日の……どうなさいました？」

美弥は気づかなかったらしく行き過ぎたが、すぐに立ち止まって伝次郎を振り返った。激しく肩を動かし、はあはあと荒い息をして、生つばを呑んだ。

「舟は空《あ》いていますか？」

美弥がよろけるように近づいてきた。

「空いてますよ」

三

「亀戸の天神橋はわかりますか？」

美弥は舟に乗り込むなりそういった。

「もちろんです」

「やってください」

伝次郎は舟の舳先をまわした。あと戻りする恰好《かっこう》だ。

美弥は額や首筋の汗をぬぐっていたが、荒れた呼吸はまだおさまらないらしく、肩を上下させていた。いつもの穏やかで陰のある面差しとちがい、さっきの慌てぶりは尋常でなかった。

伝次郎は美弥の身によからぬことが起きているのではないかと思うが、それを訊ねるのをはばかった。美弥にも余計な穿鑿《せんさく》を拒む雰囲気がある。

伝次郎はゆっくりと棹を使う。舟は棹をさばくたびに、すッ、すーッと進む。舳《みよし》のかきわける波が後方に広がってゆく。帆をおろした小ぶりの高瀬舟とすれ違う。

川の両側にある河岸地と通りに、人の姿が多くなっている。商家の暖簾《のれん》が川風に翻《ひるがえ》って、明るい日射しを受けていた。どこからともなく鶯のさえずりが聞こえてきた。

「急いでいただけますか」

新辻橋《しんつじばし》をくぐり抜けたとき、美弥が振り返った。人を咎《とが》めるような険《けわ》しい顔つきだった。

「へえ……」

返事をした伝次郎は棹をさばく手を早くした。舟はみるみる速度をあげた。

「なにかあったんで……」

伝次郎は思いきって声をかけた。聞こえたはずだが、美弥は黙っていた。しばらくうつむき、大きく息を吸って吐くのがわかった。それからゆっくり、伝次郎を振り返った。さっきとちがい、いまにも泣きだしそうな表情だった。

「わたしの妹が……死んでしまったようなんです」

伝次郎ははっとなって、美弥を見返した。なぜそんなことになったのかと聞いたが、美弥はわかりませんと首を振り、また前を向いた。

旅所橋《たびしょばし》をくぐり、横十間川に入った。つぎの橋が天神橋だ。架設された当初は亀戸橋と呼ばれていたようだが、いつしか近くにある亀戸天神にちなんだ名をつけられ、天神橋になったと伝次郎は聞いている。

周囲の風景はいつもと変わることはなかったが、天神橋のあたりには人がたかっていた。町役人の姿もあれば、町方と思われる羽織《はおり》姿もある。伝次郎はその騒ぎに、美弥の妹が関係しているのだろうかと考えた。

美弥は天神橋の手前で舟を降りた。あがったところには信濃国須坂藩下屋敷がある。川面のはじく日の光を受ける長塀が、陽炎《かげろう》のように揺れていた。

伝次郎はそのまま舟を返す気になれなかった。川岸に舟を舫うと、美弥のあとを追うように天神橋に向かった。

なんの騒ぎであるかはすぐにわかった。橋のたもとに筵《むしろ》がけにされた死体があった。突きだしている細くて白い足で女だとわかる。顔は見えないが、髷がほどけて乱れていた。

美弥は町役のそばにいた町方の前に立った。伝次郎の知っている本所方の同心、広瀬小一郎《ひろせこいちろう》だった。小一郎の手先となって動く道役《みちやく》もいる。

「心中じゃねえようだな」

「それじゃひとりで身投げしたってことか」

「男の土左衛門はあがっていねえからな」

野次馬たちが声をひそめて話し合っていた。

美弥は小一郎と短く話してから、死体のそばにしゃがみ込んだ。小一郎がそっと筵をめくる。とたんに美弥の目が大きく見開かれ、はっと両手で口を塞いだ。

「妹にまちがいないか？」

小一郎の問いかけに、美弥は声もなくうなずき、ぽろぽろと涙を流した。それからよろけるように立ちあがると、橋の欄干《らんかん》まで行って手をついた。

いまにも倒れそうだったので、伝次郎は歩み寄ろうとしたが、その前に頭髪の薄くなった町役が美弥を支えるように腕をつかんだ。

それを見た野次馬たちは黙り込んでしまったが、すぐにあの女は身内らしいなとささやきあった。そのとき、ひとりの小者《こもの》が駆けてきた。かたい顔をしたまま小一郎のそばに行き、何事かを短く告げた。小一郎の顔に苦渋の色が浮かんだ。

それから道役と自身番《じしんばん》のものに短く指図《さしず》をすると、どこからともなく戸板が運ばれてきた。美弥の妹と思われる死体は戸板に乗せられ、天神橋を離れた。美弥もそのあとをついてゆく。伝次郎は道の脇に避けて、見送る恰好になったが、小一郎と目があった。

「これは……」

と、小一郎は短く声を発したが、それだけのことだった。

伝次郎は肩を落として歩く美弥の悲しげな後ろ姿を、黙って見送った。

四

田辺藤蔵は起きてから水ばかり飲んでいた。昨夜の酒がまだ体の芯に残っており抜けないのだ。八郎太は気分がすぐれないと、ごろごろしている。

文五郎だけは普段と変わりなく、茶を淹《い》れて、昨夜小笠原慎之丞の家から持ち帰

それに
「いつまでうだうだしてんだ。藤蔵よ、おまえには大事な仕事があるんだぜ」

文五郎は茶を飲んで煙管《キセル》に火をつけ一服する。

「わかってるよ。大分気分はよくなったから、心配するな」

藤蔵は文五郎のそばに行って茶を飲んだ。宿酔《ふつかよ》いはほとんど治っている。それにしても、まさかあの男が討ち入りをかけてくるとは思わなかった。寝込みを襲われたのだから、危ういところだった。

運良く追い払ったが、そのあとで三人はいったんねぐらを離れて警戒した。慎之丞が仲間を連れて、再びやってくると思ったからだ。

しかし、待てど暮らせどその気配はなかった。どうやら尻尾《しっぽ》を巻いて逃げただけだろうと判断し、ねぐらに帰ってきたときは夜明け近くだった。

「また、来るんじゃないだろうな」

文五郎がのそのそ起きあがった八郎太を見ていった。

「それはねえだろう。いや、多分ないはずだ」

藤蔵は断言する。

「なぜ、そうだといえる」

文五郎は雁首《がんくび》を掌に打ちつけると、転がる赤い吸い殻を土間に吹き飛ばした。

「やつが仲間を連れてくるなら、やつはそのわけを話さなきゃならねえ。やつはいっぱしの侍だ。それも幕臣だというじゃねえか。討ち入りのわけを話せば、てめえの恥を曝《さら》すことになる。うまく誤魔化して来たとしても、おれたちが昨夜のことを口にすれば、またやつは恥をかくことになる。そうじゃねえか」

藤蔵は文五郎と八郎太を交互に見た。昨夜は酔っていたし、そこまで頭がまわらなかったが、今朝《けさ》になってそのことに思い至った。

「おれたちもまがりなりにも侍の端くれだ。だが、やつは旗本だし幕臣だ。昨夜のことが知れれば、生き恥をかくことになる。おれたちのことは口が裂けてもいえねえはずだ」

「なるほど……考えてみりゃそうだな」

「だったらあの女いただいておきゃよかったんだ」

八郎太があくびを嚙み殺していう。

「だからおめえは間抜けだというんだ」

「なんでだよ」

八郎太が口をとがらす。

「わかってねえ野郎だ。あそこで女を手込めにして、万が一目付《めつけ》に知れりゃ、おれたちゃ打ち首だ。手込めにしてなきゃ、首を斬られることはねえ」

「……そうだったか」

納得顔になった八郎太は、自分で茶を淹れた。

「だが、あいつらはまだ使える。おれたちゃあの夫婦もんの弱味をにぎっているようなもんだ。搾《しぼ》れるだけ搾り取ってもいい」

「あくどいことをいいやがる」

文五郎があきれたようにいって、言葉を足した。

「度が過ぎると墓穴を掘るかもしれねえ。搾り取るのはいいが、たいがいにしておこうじゃねえか。それよりそろそろ出かけよう。昨日話をつけた道場に行かなきゃならねえ」

「あまり気乗りはしねえが、これも飯のためか……」

藤蔵は差料《さしりょう》をつかみ取って、重い腰をあげた。

三人はねぐらを出ると、天聖館という道場のある本所長岡町に向かった。歩いているうちに空腹を覚えたので、途中で飯屋に立ち寄って軽く腹ごしらえをした。昨夜、八郎太は慎之丞の家で見つけた財布を盗んでいたので、飯を食うぐらいの小金はあった。

飯屋を出て法恩寺橋をわたってすぐのところで、噛みつきそうな顔で吠《ほ》え立てる犬がいた。藤蔵は犬が嫌いだ。

「うるせえ犬だ。がをォ」

藤蔵がぶっとい腕を広げて威嚇《いかく》すると、犬は飛びかかるように身を低くして、なおも吠える。牙《きば》を剥いた口から涎《よだれ》をたらしてもいる。

「この犬ッころが……」

藤蔵はそういうなり、犬の脇腹を思い切り蹴った。きゃいんと、ひと声鳴いた犬は、宙を飛んで、そのまま横川にばちゃんと水飛沫《みずしぶき》をあげて落ちた。沈みそうになったが、犬はなんとか泳いで岸に向かった。

「なにしやがんだ!」

歩き去ろうとしたらうしろから怒鳴られた。見ると、汚れた顔をした子供だった。

きかん気の強そうな目をしている。すり切れ草履を履き、継《つ》ぎ接《は》ぎだらけの着物を着ていた。

「おいらの犬なんだぞ！　大事なおいらの犬なんだぞ！」

子供は泣きそうな顔でわめいた。

「嚙みつきそうな犬を放っておくんじゃねえ。おまえも川んなかにたたき落としてやろうか。こっちに来やがれッ」

藤蔵が怒鳴るようにいうと、子供はその形相に恐れをなし、「ひッ」と悲鳴をあげて逃げた。通りすがりのものたちが、その一部始終を見ていたが、見るからに恐ろしげで魁偉な藤蔵にはなにもいえずにいた。

「おい、文五郎。道場破りはいいかげんにやめて、なにか他のことはねえのか。道場破りなんかたいした金になりゃしねえじゃねえか」

子供を追い払った藤蔵は、首をコキコキ鳴らしていう。その場しのぎの道場破りにはあきあきしていた。

「三人寄ればなんとかっていうじゃねえか」

「文殊《もんじゅ》の知恵だ」

八郎太が答える。

「そうそれだ。ここに三人いるんだ。もっと他のことを考えようじゃねえか」

「それはそうだ。とにかく今日の稼ぎをやるのが先だ」

文五郎はそういって天聖館に案内した。

町屋の一画にある小さな道場だった。玄関口に古びた看板がさげられており、稽古に励む門人たちが、気合を発し、床板を蹴って竹刀を打ち合わせていた。

「お頼み申す」

文五郎が玄関に入って大きな声を張ると、門人たちが稽古をやめて藤蔵たちを見てきた。そして、上座に座っていた道場主の亀岡宗右衛門が立ちあがった。銀髪の年寄りだった。それに藤蔵より、四寸以上小さい男だった。

「立ち合うのはそのほうか……」

宗右衛門は道場の中程まできて立ち止まると、藤蔵に鋭い眼光を向けた。

五

その日、登城《とじょう》する必要のなかった水野主馬は、朝からずっと自分の書斎に引きこもっていた。文机《ふづくえ》の上に開いた山東京伝《さんとうきょうでん》作の読本《よみほん》を置いているが、いたずらに目で字を追うだけで、中身はなにも頭に入ってこなかった。

ぬるくなった茶を口に含んでは、庭を眺める。脳裏からりつのことが離れない。それに今朝は、思いもよらぬことを妻の江里に告白された。

朝餉がすんで書斎に引き取ろうとしたとき、話があるといわれた。江里はなにやら思い詰めた顔で奥座敷にいって座ると、いつになく刺々《とげとげ》しい目を向けてきた。

「話とはなんだ?」

主馬は妻の前にあぐらをかいて座った。

「あなた様は、わたしのことをどう考えていらっしゃるのです」

妻は射るような視線を向けたまま、開口一番にそういった。

「どう考えている……。そなたはわたしの妻ではないか。いまさら、どう考えているもなにもないであろう」

「誤魔化さないでくださいまし。わたしの目は節穴ではありませんよ」

キッとした顔でいわれると、主馬はわずかに動揺した。それも自分の心に後ろめたさがあるからにほかならないし、もしやりつとの関係が知れたのではないかと不安になった。それでもどうにか平静を装い、

「いったいなにを申したいのだ。朝からわけのわからぬことを申すでない」

主馬はたしなめるようなことをいったが、妻の表情は厳しいままだった。

「わたしはただ跡取りを産みに嫁に来たのではありません。それがこのところ、あなた様は腑抜《ふぬ》けのような顔をなさって、わたしなど心にあらず。夜の伽《とぎ》も長いご無沙汰《さた》。もしや、よい女でもおできになりましたか」

「まさか、そのようなことが……」

「ありませんか。なければないでよろしゅうございますが、わたしには考えがございます。ちゃんと聞いてくださいますか」

遮っていう妻の剣幕に気圧《けお》された主馬は、崩していた足を揃えて座りなおした。

「考えとはなんだ？　申すがいい」

「お暇《ひま》を戴《いただ》きとうございます。あなた様のおそばにおりますと、息苦しくてしかたがないのです」

「勝手なことを申すやつだ。息苦しいなどと、失礼なことをほざきおって……」

「わたしは子の面倒を見るだけの飾りではありません。あなた様の心がわたしから離れているのなら、そうさせていただきたいのです」

主馬は妻をにらんだ。りつのことには気づいていないと確信した。そうなると怒りが腹の内にわいた。にわかに頬を紅潮させ、

「江里、そなたは自分でなにをいっているのかわかっているのか」

と、強く妻をにらんだ。

「わかっております」

妻は静かに答えた。主馬は落ち着きなく座敷のなかを見まわし、縁側に射し込んできた光の条を眺め、そして庭に目をやり、妻に顔を戻すと、

「なにがわかっておるのか知らぬが、暇がほしいというなら勝手にすればよい」

と、腹立ちまぎれの言葉を吐き、話はそれだけかといった。

「それだけでございます」

「勝手にしろ」

主馬は畳を蹴るようにして立ちあがると、そのまま書斎に引きこもったのだった。

以来、本を眺めては考え事をしていた。江里が実家から戻ってこなければ、離縁ができる。そうすれば自分は独り身になれる。妻にはばかることなく、りつに会うことができるのではないかと思った。

しかし、りつはいまや人の妻である。そんなりつの心を再び、自分に引きよせることができるだろうかと思う。

江里はできた妻である。あのようなことを自分にいったのは、情の深さゆえだと思いもする。しかし、だからといってりつを忘れることはできない。できることならりつといっしょになりたいと切に思うが、そのためには、りつも自分同様に夫と別れてもらわなければならない。

そのときはっと、なにかが頭のなかで閃《ひらめ》いた。そうだったかと、心中でつぶやきもする。

（りつの夫がいなくなればよいのではないか……）

げにも恐ろしい考えが頭のなかを駆けめぐった。

しかし、その考えはなかなかまとまりがつかない。頭のなかで江里とりつを天秤《てんびん》にかけもする。

主馬はそんな思いを胸の内に抱えたまま、ふらりと屋敷を出た。玄関を出る際、中間の源七に江里のことを訊ねると、意外そうな顔を向けて、

「ご実家にしばらくお帰りになるとかで出ていかれましたが……」

と、目をしばたたく。

それを聞いたとたん、主馬はまたもや妻に腹立ちを覚えた。我《わ》が儘《まま》な勝手な女だと思いもした。いっそのこと離縁状でも突きつけてやろうかと、本気で考えもした。

主馬はりつに対する思慕、妻・江里に対するやり切れない思いをない交ぜにしたまま、南割下水沿いの道を東へ歩きつづけた。

昼下がりの町には、のどかな空気が流れていた。武家地の庭から鶯の声がわけば、商家の軒先には午後の日を浴びた菖蒲《あやめ》や水仙《すいせん》の鉢植えが見られた。

足は自然にりつの家に近づく。ばったり出くわさないかと思い、何度か家の前を素通りしたが、りつに会うことはなかった。あまりうろついていてはあやしまれるので、後ろ髪を引かれながらりつの家から離れる。

足を止めたのは、とある小さな剣術道場の前だった。股引に半纏というなりの数人の町の者と、二人の男の子が道場内を食い入るように眺めている。しゃがんでいる男の子は、好奇に勝った目を周囲の大人たちに向けて、また道場に顔を戻した。

通りがかった主馬は、気になって道場をのぞいてみた。すると、やけに大きな男が門弟と立ち合いを演じていた。道場の隅には負けて、怪我をした門弟が介抱《かいほう》を受けている。それもひとりではなく三人もいた。

「立ち合い試合か……」

主馬が誰に聞くともなしにつぶやくと、

「道場破りですよ」

と、近くの男がいった。

「お侍さん、あの大きな人、強いんだよ」

しゃがんでいる男の子が主馬を見あげていう。

道場の門弟は襷《たすき》がけに鉢巻きをしているが、大男は洗いざらした木綿《もめん》の着物に、よれた袴をつけているだけだ。

「脛《すね》を狙ってくるとは、卑怯なやつめ」

大男がうなるようなつぶやきを漏らして、間合いを詰める。対する門弟は竹刀を青眼に構えたまま、じりじりとさがっている。大男に気圧されているのは傍目にも明らかだった。しかし、もう門弟にはあとがなかった。

それと気づいた門弟は素早く左へまわりこむなり、床を蹴って大男の横面を打ちにいった。瞬間、バシッと鋭い音が道場内にひびいた。

門弟が一本取ったのではない。打ち込んだ竹刀がはじき返されたのだ。その勢いは凄《すさ》まじく、はじかれた竹刀は門弟の手を離れ、背後の板壁にあたって床に転がった。大男はすかさずよろけた対戦者に詰め寄り、胴を抜いた。

このときも肉をたたく凄まじい音がした。胴を抜かれた門弟は、お辞儀をするように腰を折ると、片膝をついて、

「ま、まいった」

と、苦しそうにうめいた。

「いまのは師範代だよ」

隣にいる見物人が仲間に教える。

大男は倒した師範代には目もくれず、道場中央に戻ると、

「亀岡宗右衛門殿、今度は誰が相手だ。おれは誰でもかまわぬ。貴殿が相手になるか」

と、道場主にいい放った。

見物の野次馬にまぎれた主馬は、顎の下の黒子をさすりながら成り行きを見守った。

宗右衛門という道場主は顔色が悪かった。門弟をことごとく破られているのは、主馬の目にも明らかだった。宗右衛門は逡巡《しゅんじゅん》していたが、

「この辺でよかろう。田辺殿の腕はしかとわかった。ついては母屋《おもや》のほうでおもてなしをいたしたい。受けてくださるか」

と、大男に申し出た。

おそらく小金をわたして体よく追い払う腹づもりだろう。主馬にはなんとなく推察できた。道場を離れると、近くにある蕎麦《そば》屋の暖簾をくぐった。

酒をもらい、筍《たけのこ》の佃煮《つくだに》を肴にちびちびやっていると、さっきの大男が二人の仲間と入ってきて、近くに腰をおろした。機嫌《きげん》よさそうにカラカラと笑い、

「あの道場主の顔を見たか。いまにも死にそうな顔をしておったぞ」

と、ご満悦《まんえつ》である。

「すっかりやっつけてしまったからな」

ぺっちゃりした鼻の小柄な男がそういって、首尾よくいったからなとほくそ笑む。

三人は蕎麦搔きを肴に酒を飲み、楽しそうにとりとめのない話をしていた。聞き耳を立てていた主馬は、その話から彼らが信濃から流れてきた浪人だということを知った。そして、彼らは金に困っているようだった。

(この男たちは使えるのではないか……)

酒を舐めるように飲みながら主馬は、三人の男たちを盗み見た。

六

江戸雀《えどすずめ》といわれるように、江戸のものたちは噂《うわさ》話が好きだ。それが真実であろうが、単なる作り話であろうが、さも訳知り顔で話し合う。

天神橋そばに土左衛門であがった女の話もそうであった。

日暮れ前には川政の船頭らも、身投げした女の話を聞いていた。あるものは舟客から聞き、あるものは川政に来た客から、そしてあるものは河岸場人足らから曖昧《あいまい》な話を聞いていたのだった。

身投げというものもいれば、殺されたというものもいたし、借金に苦しめられていたらしいといったり、舅《しゅうと》のいじめに耐えかねて死んだのだといったりしていた。

伝次郎も真相は知らなかったが、少なくともあの美弥という女の妹だというのだけは知っていた。

その日の仕事を終えた伝次郎は、いつものように芝翫河岸に舟をつなぐと、翳《かげ》りはじめている空を見あげた。さっきまで笛のような声を降らしていた二羽の鳶《とんび》が遠くに去り、数羽の鴉《からす》がカアカアと鳴きながら北のほうに向かっていた。

伝次郎は舟を降りると雪駄に履き替えた。脱いだ足半《あしなか》は櫓床の下に揃えて置く。手拭いを首にかけ、菅笠を脱いで雁木をあがると、先に仕事を終えていた川政の船頭・佐吉《さきち》が前からやってきた。

「伝次郎さん、今夜はどこに行くんだい？」

「千草に呼ばれているんで、そっちに寄ろうと思う」

「へえ、それじゃおれもいっしょしていいかい」

「かまわねえよ。なにやらうまいもんを食わしてくれるらしいからな」

佐吉はそりゃ楽しみだといって、伝次郎と並んで歩く。威勢のいい男だが、涙もろい男だった。

佐吉は歩きながら天神橋の一件を口にした。それは他のものたちの話より、真実味があった。死んだ女は大番組《おおばんぐみ》の旗本の妻だったという。屋敷は天神橋からほどない深川元町代地にある拝領屋敷で、その妻は祝言を挙げたばかりだったという。おまけに亭主のほうも短刀を使って自害していたと付け足す。

「なに、亭主も……」

「どうもそういう話だ。嘘《うそ》じゃねえぜ。駆けつけてきた大番組のものがそういっていたんだ」

佐吉は大番組の番士を舟に乗せたという。

「その客が話していたのか」

「そうだよ。亭主は小笠原慎之丞、身投げしたらしい女房は美紀《みき》とかっていっていた」

伝次郎は歩きながら黄昏《たそが》れた空を見やった。

結婚したばかりの夫婦は、なぜ死ななければならなかったのだ。疑問に思うのは、元町奉行所同心の性《さが》かもしれない。

「亭主の同輩は他になにかいっていなかったか？」

伝次郎は佐吉を見る。

「わかっていることは少ないらしい。調べは町方から目付に移されるとか、そんなことをいっていたよ」

大番組の番士夫婦なら、当然そうなるだろう。伝次郎はそれにしても、死んだ新妻が美弥の妹だったというのが気になっていた。それに、あの美弥の悲しみに打ちひしがれた姿が、瞼の裏に浮かぶ。

「あら、いらっしゃい。佐吉さんもいっしょで嬉しいわ」

伝次郎を迎え入れた千草は、板場から顔を出すなり明るい笑顔を振り向けてきた。

「なんだか、うまいもんをこさえてくれるって伝次郎さんから聞いたからよ」

佐吉は窓際の狭い小上がりにあがって、伝次郎と向かい合う。酒をつけてくれと頼むと、千草は「まずはそうくるわよね」といって板場にさがる。

襷がけに前垂れをつけて、裾《すそ》をちょいとからげている。足許にのぞく千草の白い窓の外は夕暮れの気配を呈してはいるが、暗くなるのはもう少しあとだ。さっき、暮れ六つ（午後六時）の鐘を聞いたばかりである。

「いま作っているところだから、これで少しお待ちくださいな」

酒と肴を持ってきて千草が二人に酌をしてくれる。肴は蕨《わらび》とぜんまいの煮物だった。少し醤油《しょうゆ》味をきつくしてあるので、酒の肴には丁度いいし、飯の菜にもなる。

「二人が今夜の口開けだから、きっと繁盛するわね」

千草は佐吉に微笑《ほほえ》み、伝次郎をも見る。歯切れのいい話しっぷりは、どこぞの姐《あね》ごを思い浮かべさせるが、慎み深い美しさを兼ね備えてもいる。死んだ亭主は腕のいい指物師《さしものし》だったらしいが、千草は御家人の生まれであった。

「さあて、そろそろ煮立ってきたところだからお待ちくださいな。今夜はゆっくりしていってよ、伝次郎さん」

千草が板場にさがろうとすると、

「おいおい、おれはどうでもいいっていうのかい」

と佐吉が拗《す》ねたような顔をする。

「なにをおっしゃいますか、佐吉さんもわたしの料理を食べてくれるまでは帰しませんから」

千草はひょいと首をすくめ板場に入った。

伝次郎は美弥の妹・美紀とその夫・小笠原慎之丞について、他にわかっていることはないかと訊ねるが、佐吉は聞きかじりだから詳しいところまではわからないといって、蕨をつまみ酒を飲む。自《おの》ずと手酌になり、埒もない世間話となった。

伝次郎は適当に話を合わせてはいたが、頭の隅で美弥の悲しげな面影を追っていた。

「なんだよ鰯《いわし》じゃねえか」

千草が手間暇かけて作ったという料理を見るなり、佐吉が期待外れの顔をした。

「鰯だって馬鹿にできないわよ。文句をいうなら食べてからにしなさい。不味《まず》かったらお代はいらないから」

「それじゃ食ってみるか」

伝次郎はまず、箸《はし》をつける前に青い染付けの長皿にのった料理を眺めた。頭を落とした鰯は腸《はらわた》を抜かれ、おからをまぶしてある。

伝次郎は箸を器用に使って鰯を二つに割るようにした。ほんのりとした湯気が立ち昇り、鰯とおからが匂い立つ。つまんだ身を口のなかに入れる。よく煮えた鰯とおからがうまい具合に合わさっている。

酒と醤油をまぶしたおからが、淡泊な鰯の身を引き立てていた。

「なんだよ。うめえじゃねえか」

佐吉が驚いたように千草を見て、伝次郎を見る。千草は嬉しそうにほっこり微笑む。

「うむ、たしかにうまい」

伝次郎も感嘆する。こういった手の込んだ料理は、独り身には作れない。

「こりゃいけねえ、酒が進んじまうよ」

佐吉はぐいっと猪口《ちょこ》をあおる。

伝次郎はまた鰯を口に入れた。鰯の身に甘辛いおからがよくあっている。

「……鰯がこんなにうまいとは気づかなかった。これは案外贅沢《ぜいたく》な料理だ」

伝次郎は正直に思ったことをいった。

「あら、そういってもらえると嬉しいわ」

千草は満足げに微笑み、仕入れにゆく魚屋の女房に教えてもらったのだという。

酒に口をつけた伝次郎は、板場に戻ってゆく千草の後ろ姿を見て、

（やはり、似ている）

と思った。それは亡き妻・佳江《よしえ》にである。面立ちはちがうが、体つきがよく似ているのだ。ときどき千草の後ろ姿を見て、ドキッとすることがある。千草と亡妻を重ね合わせるわけではないが、千草に好感を抱くのはそんなことがあるからなのかもしれない。

いつしか表が暗くなっていた。世間話に興じるうちに、二人で四合の酒を飲んでいた。

佐吉は頰を赤く染めている。伝次郎も心持ちがよくなり、その日の疲れがゆっくり引いていくのを感じていた。

千草が軒行灯に火を入れる。ぽっとしたあかりが、開け放した戸口から見える地面をほのかに染めた。店の看板には「めし　ちぐさ」と書かれている。看板どおり飯屋にちがいはないが、ちょっとした小料理屋といってもよかった。

「なんだか今夜は客足がにぶいわ。おかしいわね」

「口開けが悪かったんじゃねえか」

佐吉が混ぜっ返すと、

「だったら今度は二番客になってくださいな」

と、千草が言葉を返す。そのとき、表にぱたぱたと慌ただしい足音がして、千草の戸口に血相変えた圭助《けいすけ》という若い船頭が姿を見せた。肩を激しく動かし、汗を流していた。

「や、伝次郎さんもいた。ちょうどいいや」

「なにかあったか？」

伝次郎が猪口を置いて訊ねると、

「仁三郎《にさぶろう》さんがやくざもんと喧嘩をおっぱじめそうなんです。止めようとしてもおいらじゃどうしようもねえから、佐吉さんを探していたんです」

と、圭助は慌《あわ》てた素振《そぶ》りである。

「やくざもんだと。どこで揉《も》めてんだ？」

佐吉がさっと立ちあがった。

「元町のあぶら屋って飲み屋です」

「近くじゃねえか。伝次郎さん、悪いが付き合ってくれねえか」

伝次郎は、船頭半纏《ばんてん》の袖《そで》を翻して店を飛びだす佐吉を追いかけていった。

七

騒ぎが起きているあぶら屋は、大川に面した通りにある居酒屋だった。隣は御籾《おもみ》蔵《ぐら》で、すぐ北に、弱々しい月あかりの下で大きな弧を描く新大橋が黒い影を象《かたど》っていた。

「なんだ加勢を頼んできやがったか」

やくざの親玉と思われる男が、駆けつけてきた伝次郎たちを一瞥していう。頬肉が削《そ》げ顴骨《かんこつ》の張った男で、一重瞼《ひとえ》の切れ長の目が鋭かった。

「おれが頼んだんじゃねえッ」

腕まくりした仁三郎が言葉を返す。向こうっ気の強い川政の船頭だ。やくざのそばには四人の男たちがいる。どれもこれも一癖も二癖もありそうな男たちだ。諸肌《もろはだ》を脱ぎ、腕や背中の彫り物を自慢げに見せているものもいた。

近所の野次馬が遠巻きに成り行きを見守っている。

「おれに喧嘩吹っかけるとはいい度胸だ。それだけは褒めてやるが、こうなったからには無事に帰れると思うな」

ずいとやくざの親玉が足を踏み出してくる。懐《ふところ》に匕首《あいくち》を忍ばせているのがわかった。他の仲間もずいと一歩進み出る。だが、仁三郎は下がりはしない。光らせた目を、相手の親玉に据えたままだ。

「人を甘く見るんじゃねえぜ。てめえらはただ意気がって与太《よた》ってるだけのくずじゃねえか。なにが神田の孝蔵《こうぞう》だ。どうせ、鼻くそみてえなことしかやってねえんだろう」

「おうおう、いってくれるじゃねえか。こうなったら話し合いもくそもねえ。その口を利《き》けなくして、二度と立てねえようにしてやる」

「やめろ、やめろ」

両者の間に立ったのは伝次郎だった。

「なにがあったのか知らねえが、下らない喧嘩はやめるんだ。いい大人がみっともねえ」

「伝次郎、かまうんじゃねえ。これはおれとこいつらとの話し合いだ」

仁三郎は相手をにらんだままいう。

「おう、てめえはすっ込んでろ。あとから来て四《し》の五《ご》のいうんじゃねえ」

神田の孝蔵という男が、肩をゆすって伝次郎をにらみ、すぐ仁三郎に視線を戻す。

「そうはいかねえ。孝蔵さんというらしいが、この男はおれの大事な仲間だ。粗相があったのならおれが代わりに謝る」

「へえ、そうかい。それだったら土下座して謝ってもらおうか。おれの大事な着物を酒で汚されちゃ黙っておれねえからな。新しい着物も誂《あつら》えなきゃならねえ。その金もいただきてえもんだ」

「このッ、いわせておけば勝手なことをぬかしやがって……」

夜目にも顔を赤くしているのがわかる仁三郎が足を踏みだす。伝次郎はそれを手で制する。すると、孝蔵が吠えるようにまくし立てた。

「そうじゃねえか。おれたちゃただ楽しく飲んでいただけだ。それをお節介にも静かにしろと、生意気なことをぬかしやがって。こちとら金払って飲んでんだ。笑おうが騒ごうが、てめえに文句いわれる筋合いはねえ」

「おれは静かにしてくれといっただけだ。それをいきなり酒を引っかけやがって、人をなんだと思ってやがる」

仁三郎は頭から湯気を出しそうな剣幕である。

「何度も同じことをくどくどと七面倒《しちめんど》くせえ野郎だ。おい、てめえ、おめえはそいつの仲間だろうがすっこんでな。でねえと、てめえもいっしょに大川にたたき込んじまうぜ。どけッ」

伝次郎は孝蔵に押しのけられそうになったが、のびてきた手を払い動かなかった。孝蔵の顔が夜叉《やしゃ》のように厳しくなる。

「話は大体わかった。どっちもどっちではないか。お互い着物を汚したようだが、ここは堪《こら》えたらどうだ。子供じゃないんだ」

「わかったようなことをいうんじゃねえッ!」

孝蔵がいきなり殴りかかってきた。

伝次郎はその腕をつかみ取ると、ひょいと腰にのせて地面にたたきつけ、さらにつかんでいる腕をうしろにねじあげた。

「あイテテテッ……」

孝蔵は無様《ぶざま》にも悲鳴をあげる。だが、それがいけなかったのか、孝蔵の子分らがいきり立ち、いきなり懐の匕首を閃かせて斬りつけてきた。

伝次郎は孝蔵の手を放すと、斬りつけてきた男の鳩尾《みぞおち》に拳骨《げんこつ》を見舞い、足を払って倒した。そのとき、孝蔵の他の仲間は仁三郎と佐吉に躍りかかっていた。

仁三郎と佐吉は素手だ。対する孝蔵の子分たちは刃物を持っている。放っておけば怪我人が出るのは明らか。

伝次郎は「やめろ、やめないかッ！」と大喝《だいかつ》したが、もはや乱闘となっていた。こうなったらしかたないと、伝次郎は袖をまくると、仁三郎に向かって匕首を振りまわしている男の後ろ襟《えり》をつかんで、引き倒し、いやってほど弁慶の泣き所を蹴りつけた。

「いてえー」

相手は蹴られた脛を押さえて転げまわった。

佐吉は大地に転がって刃物で斬りつけようとしている男の腕を必死に押さえている。その切っ先が、佐吉の目に近づいていた。

伝次郎はその男の肩を蹴飛ばした。男は横に転んだがすぐに立ちあがり、身構えた。だが、それは一瞬のことで、伝次郎はあっという間に間合いを詰めて、股間に膝頭をたたき込んだ。

男は絶叫をあげ、股間を押さえてのたうちまわった。

もうひとりいたが、こっちはへっぴり腰であった。伝次郎が鋭い眼光を向けると、射竦《いすく》められたように後ろにさがった。そのそばに孝蔵が立って、

「おめえら、これで無事にすむと思うな。神田の塙《はなわ》一家総出で、てめえらを血祭りにあげてやる」

と、肩をゆすって唇を手の甲でぬぐった。

「塙一家だと……」

伝次郎はどこかで聞いた名だと思ったが、すぐには思いだせなかった。

「一昨日《おととい》来やがれ！」

仁三郎が怒鳴りつける。だが、孝蔵らはなにもいわずに、そのまま立ち去った。

その影が闇に溶け込んで見えなくなると、

「仁三郎さん、伝次郎さん。こりゃあちょいとまずいかもしれねえぜ」

と、佐吉が顔をこわばらせていた。

「なにがまずいってんだ。とにかく飲みなおしだ。せっかくの酔いが醒めちまった」

仁三郎は忌々《いまいま》しそうに、ペッと地面につばを吐いた。

「まずいですよ。塙一家はその辺の博徒《ばくと》連中とはちがうんです。殺し屋を何人も抱えているというから、仕返しをされたら腕の一本や二本じゃすまなくなるかも……」

「殺し屋が何人もいるだと」

仁三郎も顔をかたくした。

「そうですよ。あいつら、また来ますぜ」

伝次郎は仁三郎と佐吉のやり取りを聞きながら、遠くの闇に目を向けていた。

第三章　闇討ち

一

「それじゃ、先に喧嘩を吹っかけてきたのは塙一家の孝蔵って野郎か……」

話を聞いた政五郎は、小難しい顔になって腕を組んだ。

川政の座敷だった。塙一家の孝蔵らを追い返したあとで、伝次郎と仁三郎、佐吉、圭助はことの次第を政五郎に話し、相談しているのだった。

「考えてみりゃ、あっしが余計なことをいったのかもしれやせんが、あいつら他の客のことなど考えず、馬鹿笑いはするわ、大声でしゃべくりあうわ、女中をからかうのも度が過ぎておりやして、それでたまりかねて……」

「先に酒をかけられたのだな」

政五郎は仁三郎の言葉を遮ってつづけた。

「酒をかけられたから、おまえもかけ返した。そういうことか？」

「へえ、カッとなっちまって……」

「圭助、おまえはそばにいたのだな」

政五郎の目が圭助に向けられた。圭助は仁三郎を見てもじもじする。圭助は垂れ眉でいかにも人のよさそうな顔をしている。実際、気のやさしい男だった。

「へえ、いました」

「仁三郎のいったことに嘘はねえな」

「へえ。あいつらには店のものも客も迷惑顔をしておりましたし、それで仁三郎さんがたまりかねて、一言いったんです」

ふむと、うなずいた政五郎は、思案顔で煙管を手にして弄《もてあそ》んだ。

「親方、このままじゃ無事にはすまないですよ。親方も塙一家のことは聞いてるでしょう。まさかあの一家の連中だったとは……」

負けん気の強い佐吉だが、いつになく不安そうだ。

「仁三郎は悪くねえ」

政五郎は思い詰めた顔でつぶやいた。その肉づきのよい顔が、行灯のあかりに染められている。唇を一度引き結び、目に力を込めると、また口を開いた。

「だが、相手が悪かったようだ。このままだと商売の邪魔をされるばかりでなく、客に迷惑をかけることになるかもしれねえ。そんなことがあっちゃならねえ」

仁三郎はうつむいて、膝に視線を落としている。

伝次郎はこの一件をどのように片づけようかと考えていたが、ここは政五郎の采配にまかせるしかないようだ。

「仁義を切りに行くか」

政五郎が短くいった。

「仁義……」

さっと、仁三郎の顔があがった。

「先に乗り込んでこられちゃ迷惑だ。こっちから詫《わ》びを入れに行こう。筋ちがいなことかもしれねえが、客商売をやっている弱味だ。しかたねえ」

それを聞いた伝次郎はゆっくり顔をあげて、政五郎を見た。

「なにかいいたいことでも……」

聞かれた伝次郎はしばらく考えてから、「いや」と短く応じた。

詫びを入れに行くのは政五郎と仁三郎、そして孝蔵らをたたきのめした伝次郎の三人ということになった。

早速、仁三郎の舟を出した。伝次郎と政五郎がそれに乗り込む。船着場で佐吉と圭助が心配そうに見送っていた。このことは他の船頭や店のものには、ないしょにしてあった。

仁三郎が棹をさばき、舟を滑らせる。政五郎も伝次郎も黙ったままだ。大川の両岸には小さなあかりが点々と見える。蛍のようだ。川面に映り込む舟提灯のあかりが、心の不安を表すように揺れている。

伝次郎は塙一家についてなにか知っていたはずだと、記憶の糸を手繰《たぐ》っていたが、思いだせることはなかった。だが、町奉行所時代に何度か耳にしていたのはたしかだ。

仁三郎は棹から櫓に持ち替えて、舟を漕いだ。ぎィ、ぎィと、櫓と櫓べそがこすれて軋《きし》みをあげる。新大橋をくぐり抜ける。川はてらてらと油のように鈍く光っている。

遠くに大きく弧を描く大橋が黒くなっていた。川を横切っていく屋根船が一艘《そう》あったただけで、他の舟に出会うことはなかった。

やがて、大橋を抜け神田川に入り、和泉橋《いずみばし》のたもとに舟をつけた。

塙一家は柳原岩井町《やなぃはらいわいちょう》に居《きよ》を構えていた。柳原通りから南へ二筋ほど入った町屋だが、夜商《よあきな》いの店の少ない閑静な場所だった。

政五郎は棒縞の着流しに船頭半纏というなりだ。伝次郎と仁三郎は、膝切りの着物に股引、半纏というういつもの船頭のなりである。政五郎と仁三郎の半纏には○に政という紋が染め抜かれているが、伝次郎のは無紋だった。

政五郎が木戸門の前で立ち止まり、二本の指を使い襟をすーっと正して、伝次郎と仁三郎を振り返った。

「話はおれがする」

それだけをいうと、戸口に向かって歩いた。手入れの行き届いた小庭があり、戸口は腰高障子《こしだか》と雨除《あまよ》けの戸板でできている。その戸は閉まっていたが、家のなかからかすかな人の声が聞こえる。

政五郎は戸をたたき、訪《おとな》いの声をかけた。家のなかでしていた声がやみ、静かになった。

「こんばんは。夜分に申しわけありませんが、高橋の川政でございます」

家のなかの空気が緊張するのがわかった。伝次郎は顔を引き締めた。

やがて、足音がして戸が開けられた。若い衆が顔をのぞかせ、

「なんの用だ？」

と、戸口に立っている三人を舐めるように見た。

「親分に話があって来た。取り込み中だったら出なおすが……」

若い衆は待ってろといって一度戸を閉めた。しかし、戸はすぐに開けられ、若い衆が「入れ」と、顎をしゃくった。

長い土間が奥のほうへつづいていた。土間の壁にはずらりと、塙一家の提灯が掛けられている。そばの座敷に、孝蔵が姿を見せた。いまにも噛みつきそうな顔つきだが、黙って座敷の隅に控えた。

それから奥の襖が開き、塙一家の親分・潮兵衛《ちようべえ》が姿を見せた。半白頭《はんぱく》に茜色《あかねいろ》の鮫小紋《さめこもん》を着流している。中肉中背で色が白く、口の大きな男だった。年のころ五十

歳ぐらいだろう。親分としての風格を備えているが、そこはやくざであるから目つきはいただけない。

（こいつがそうか……）

伝次郎は注意深く潮兵衛を見た。やはり、会ったことはなかった。

「挨拶に来たか。まあ、あがりな」

潮兵衛はかすれた声で伝次郎たちをうながした。

二

「あらためて挨拶させていただきやす。あっしは本所高橋で船宿をやっている政五郎と申します。これにいるのは仁三郎、こっちはときどき助《すけ》をしてくれる伝次郎と申す船頭でござんす」

政五郎はまず自分たちのことを紹介した。

「ふむ」

「今夜の一件は親分の耳にすでに入っていると思いますので申します。仁三郎と親分の子分さんらが揉め事を起こしたようですが、仁三郎が申しますには……」

政五郎は仁三郎と圭助から聞いたことを包み隠さず、そのまま伝えた。少しも動じることのない態度で、そばに控える伝次郎はどっちが親分かわからないと思った。それだけ、政五郎は肝の据わった男である。

だが、伝次郎が気になるのが、孝蔵の目だった。ずっと自分をにらんでいる。もはや仁三郎への意趣より、自分への恨みを強くしているようだ。しつこくて質《たち》の悪い男とは関わりになりたくない。今夜、この場でまるく収めてしまいたいと思う。

政五郎の話はつづいていた。へりくだってはいるが、あくまでも非は孝蔵らにあったという口調である。

「なるほど。そっちのいい分はわかった」

話を聞き終えた潮兵衛は、隣の間に向かって茶を持ってこいと命じた。大きな湯呑みがすぐに運ばれてきたが、伝次郎たちに茶は出なかった。

潮兵衛はずるっと音を立てて茶を飲み、政五郎を真正面から見据えた。

「非はこっちにあるようだな。それで喧嘩両成敗にしたいところだろうが……どうにも、困ったことになっちまってる」

潮兵衛は苦虫《にがむし》を嚙みつぶしたような顔をして、一拍間を置いた。

「うちの子分は怪我をさせられちまってる」

政五郎の眉がぴくっと動いた。伝次郎もすうっと顔をあげて潮兵衛を見た。

「おい」

潮兵衛の声で、隣の襖が開き、四人の男たちが出てきた。ひとりは晒《さらし》で腕を吊り、ひとりは足を引きずっている。あとの二人は、額に膏薬《こうやく》を塗った布を貼りつけていた。

（こいつら、わざとらしいことを……）

伝次郎は腹の内で毒づき、唇を嚙んだ。

「まあ、怪我はたいしたことはないようだが、この有様《ありさま》だ。ところが、そっちは無傷ときている。それじゃ勘定があわねえ。お互いに怪我をしてりゃ喧嘩両成敗ですますこともできるんだが……どうにもなあ……」

やはり、やくざである。おとなしく引っ込むつもりはないようだ。言葉はやわらかいが、難癖以外のなにものでもない。

「先に手を出してきたのは……」

「親方」

伝次郎は政五郎を遮ると、一膝前に進み出た。

「怪我をさせたのはこのあっしです。匕首を振りまわされて、おとなしくしているわけにはいかなかったのです。こっちは素手でした。そこのところを考えてもらえませんか」

「ほう、するとおめえさんが、こいつらをひとりで……」

潮兵衛はわずかに感心する目つきになった。

「ひとりで五人を……そうかい。そうだったのかい。おい、孝蔵」

潮兵衛は孝蔵をにらんだ。いまの話はほんとうかい、と聞く。

孝蔵は、

「へえ、まあ」

と、曖昧に認めた。潮兵衛は舌打ちをして伝次郎に顔を向けなおした。

「あっしも手加減すりゃよかったんでしょうが、そうはできませんで……。ですが、このとおり怪我をさせたことは謝ります。どうか堪忍《かんにん》してもらえませんか」

伝次郎はさげたくない頭をさげ、額を畳につけた。腹立たしいものはあるが、ぐっと堪えるしかなかった。

「伝次郎も頭をさげておりやす。親分さんと揉めるつもりは毛頭ありませんで、どうか今夜のことは穏やかに収めていただけないでしょうか。これはほんの気持ちですが、お受け取りください」

政五郎はそういって、包み金を潮兵衛に差しだした。切り餅（二十五両）だった。伝次郎は頭をさげたまま上目遣《うわめづか》いにそれを見た。潮兵衛の手がのびて、切り餅をつかんだ。

「……まあ、こうやって足を運んでもらったんだ。おれも妙ないいがかりはつけたくないし、揉め事も嫌いだからな。ここは川政さんの顔もあるし、よし、わかった。忘れることにしようじゃねえか。野郎ども、そういうことだ」

潮兵衛は切り餅を懐にねじ込んで、子分らの顔を眺めた。みんな悔しそうな顔をしていたが、親分に逆らうことはできない。

「ありがとうございます」

政五郎が礼をいうと、仁三郎も頭をさげた。伝次郎もあげかけた頭をまたさげる。ことを穏便《おんびん》にすませた三人は、そのまま潮兵衛の家を出た。見送りは当然なかったが、木戸門を出たところで、「おい」と呼び止める声がした。

振り返ると孝蔵が立っていた。視線は伝次郎に向けられている。

「てめえ、伝次郎というんだな。よく覚えておくぜ」

孝蔵は一言いうと、伝次郎を長々とにらんだ。伝次郎は視線をそらさずに見返した。しばらくすると、孝蔵はくるっと背を向けて潮兵衛の家に消えていった。

「親方、余計な金を使うことになって申しわけありません。おれが口出ししなけりゃよかったんです」

仁三郎は泣きそうな顔で政五郎に頭をさげた。

「気にするな。おまえが悪いんじゃない。だが、今度からは相手を見てやることだ」

「へえ……申しわけありませんでした」

「忘れよう。その代わりしっかりはたらいてもらうぜ」

政五郎はそういって先を歩く。向こう気の強い仁三郎も、政五郎の前では借りてきた猫である。

「政五郎さん、おれも余計なことをしました」

伝次郎も謝った。

「いいってことよ。気にするな。帰って験《げん》なおしに飲もうじゃねえか」

政五郎は安心させるように、口の端に笑みを浮かべた。伝次郎はこういう骨のある男に出会ってよかったと、いまさらながら思った。しかし、さっきの孝蔵の一言が心の隅に、小骨のように引っかかっていた。

孝蔵はよく覚えておくといった。このままではすまさないということだろうが、関わりあいになるのはごめんだ。伝次郎は背後を振り返ったが、暗い闇があるだけだった。

三

水野主馬は下城するとき、ホッとすると同時に胸を高鳴らせる。登城《とじよう》するときは気鬱《きうつ》のように心が塞いでいた。なにしろ激務である。

昼四つ（午前十時）前に登城すると、本丸殿中《ほんまるでんちゆう》にある勘定所の奥ノ間に詰める。その間、金銭出納《すいとう》、農作物の出納、年貢《ねんぐ》の徴収実態、郡代《ぐんだい》と代官の勤務ぶりの査定、金銀改鋳《かいちゅう》の詮議《せんぎ》などとその仕事は多岐にわたり、明けても暮れても下役からの報告を受けて吟味《ぎんみ》にあたらなければならない。

勘定奉行とその属吏《ぞくり》に不正があれば、ただちに老中《ろうじゅう》に通告しなければならないので、気を抜く間がない。勤務中は日ごろの雑念を忘れるが、登城前は、

「やれやれ、今日もきつい仕事になる」

と、自然に気が重くなる。

下城は大方《おおかた》昼八つ（午後二時）となっているが、居残り仕事をすることもあるし、仕事を自宅屋敷に持ち帰るときもある。そうはいっても、下城の段になると心が軽くなる。やっときつい仕事から解放されるという安堵《あんど》感を覚えるからだ。

さらに、今日はりつに会えるかもしれないという期待もあった。供侍《ともざむらい》、中間、草履取りなどをしたがえて屋敷に帰ると、即座に着替えにかかる。女中が脱いだ着物を片づけていくが、それは本来妻の役目である。

「江里はまだ帰っておらぬか」

いささか不機嫌な顔で訊ねると、女中は顔を曇らせ、いまだなんの音沙汰もないという。

（ふん、帰ってこないつもりならずっと帰ってくるな）

主馬は胸の内で毒づき、普段着に着替えて帯を締める。

「子の面倒も見ずに、あやつはいったい……」

吐き捨てるようにいうと、書斎にこもる。庭を眺めながら煙管を吹かしていると、長男・光之助《みつのすけ》と、長女・鈴《すず》が、お帰りなさいませと挨拶にやって来た。

「変わりないか」

朝会ったばかりだが、そう聞くのが習わしだった。

二人はなにもないと行儀正しく答える。

「そなたらの母上は帰ってこなんだな。淋《さび》しくないか」

光之助は十一歳になっているし、男の子だから淋しくないという。鈴は九歳の娘だから、やはり母恋しいらしく、淋しいと答えた。

「不憫《ふびん》であるが、辛抱《しんぼう》いたせ」

主馬は憐憫《れんびん》のこもった眼差しを二人に向けると、行ってよいといった。二人はきちんと辞儀をして書斎を出てゆく。

「たわけた妻をもらったばかりに……」

主馬はいまさらながらに江里の腑甲斐《ふがい》なさを嘆いた。ほんとうに離縁したいと思うようになっていた。

大小を手にして、着流しのまま屋敷を出た。このところ毎日のようにそうしている。供もつけない。家中《かちゅう》のものにはその辺をぶらりと歩いてくるだけだといってあるし、実際そうであった。りつに会えなければ、帰宅するしかないからだ。

屋敷を出るといつものように南割下水沿いの道を東へ辿《たど》る。りつの家までほどない。その間、周囲の景色も見えなければ、鳥のさえずりや棒手振《ぼてふり》の売り声も耳に入ってこない。瞼の裏にはりつの顔やその姿が浮かぶ。気持ちが高ぶり、胸の鼓動が速くなる。りつは作事方《さくじかた》の下役を務めている、佐々木仙助《さざきせんすけ》という御家人《ごけにん》に嫁いでいた。

佐々木仙助に会ったことはないが、真面目《まじめ》な男だとそれとなく聞いている。しかし、所詮《しょせん》下役の御家人である。りつの暮らしが楽だとは思えなかった。

幅八尺ほどの南割下水には、青い空に浮かぶ雲が映り込んでいる。風が出てきて、その水面がさざ波を打った。主馬の鬢《びん》の毛が小さくふるえた。

りつの家は本所長崎町の西にある作事方の組屋敷地にあった。百坪ほどの土地に、整然と同じような家が建っている。家のまわりには板塀をめぐらしたり、生け垣をこしらえたりしてある。

りつの家の垣根は低い篠竹《しのだけ》だったので、少し背伸びをすれば、庭や縁側越しの座敷を見ることができた。その家に近づいてきたときだった。前方から風呂敷包みを胸に抱いたひとりの女が歩いてきた。地味な絣《かすり》の着物に、山吹色の帯。素足に下駄だった。

先に立ち止まったのは、女のほうだった。

（りつ……）

主馬も立ち止まった。心中《しんちゅう》で名を呼ぶと、その声が聞こえたかのように、りつはゆっくりとお辞儀をした。

「変わりはないか……」

いささか声がふるえていたかもしれない。胸が熱くなっていた。りつは別れたときと少しも変わっていなかった。

「はい、元気にやっております」

「それは重畳《ちょうじょう》」

「お殿様もお変わりないようで……」

りつはすんだ瞳を向けてくる。やわらかな日射しを受けた頬は血色がよく、胸元にのぞく肌の白さはまぶしかった。

「使いか……」

主馬はりつの抱えている風呂敷包みを見ていった。

「近所に行って来ただけです」

「それにしても久しぶりである。どうだ、その辺で少し話ができないか」

思い切って誘ってみると、

「はい、わたしもお殿様にお会いしたかったのです」

と、なんとも嬉しいことをいう。

主馬は長崎橋のそばにある茶店に入った。緋毛氈《ひもうせん》の敷かれた床几《しょうぎ》に並んで腰掛け、茶と饅頭《まんじゅう》を注文する。会いたい女に会えたのに、主馬はなにから話をすればいいか逡巡《しゅんじゅん》していた。りつも少しかたくなっている。

「幸せであるか?」

唐突だったが、主馬の口をついて出た言葉は、もっとも聞きたいことだった。

「……あ、はい」

「ご亭主は作事方であったな」

「はい」

「仲良くやっているのだな」

りつは手にした湯呑みを膝に置いて、うつむく。

「どうした。なにか悩みでもあるのか？」

「いえ、そういうことではありませんが……」

主馬はなにやら思い詰めた顔をしているりつを眺めた。その顔が、ふとあがり、主馬と目があった。

「失礼かもしれませんが、お殿様に相談したいことがございます。もしよろしければ聞いていただけませんか」

「どんな相談事か知らぬが、かまわぬ」

りつは一度家に帰ってくるので、ここで待っていてくれ、どこか別の場所で話をしたいといった。もちろん、主馬に断る理由はないし、望むところであったから快く応じた。

四

仁三郎が塙一家の子分らと喧嘩騒ぎを起こしてから三日がたっていた。

伝次郎はひょっとすると、孝蔵という子分が仕返しに来るかもしれないと危惧《きぐ》していたが、その様子はなかった。親分の潮兵衛にたしなめられているのかもしれないし、単に脅し文句を吐いただけかもしれない。

喧嘩の相手は仁三郎であったが、痛めつけて追い返したのは伝次郎である。孝蔵がそのことを悔しがり、伝次郎を恨んでいるのはよくわかっていた。しかし、このままおとなしく自分のことを忘れてくれることを伝次郎は望んでいた。

くだらない面倒事はたくさんである。

日が暮れようとしている。

伝次郎の操る猪牙舟は、大川から万年橋をくぐって小名木川に入った。川面に夕日の帯が走っていた。河岸場や船着場には戻ってくる舟が多い。河岸通りにも仕事帰りの職人の姿が目立つようになっていた。すぐ近くの道を歩く職人が、右の肩に担いでいた道具箱を、左肩に移したところだった。

伝次郎は舟を芝翫河岸につけると、手際よく雁木の杭に舫をつないだ。

菅笠を脱いで手拭いを首にかけなおした伝次郎は、石段をあがって河岸通りの道に出た。対岸にある川政の船着場にも、帰っている舟が多い。夕日を受ける町屋はどことなく赤っぽく、そして霞《かす》んで見えた。

自宅長屋に足を向けていると、思いもよらず美弥と出会った。

「これは偶然……」

声を漏らして立ち止まると、美弥もはたと気づいて足を止めた。

「先日はご愁傷《しゅうしょう》様でした。もう、なにもかもすみましたか？」

「お陰様で、無事に野辺《のべ》送りも終わりました」

美弥は長い睫毛《まつげ》を伏せた。

「こんなところでお会いするとは思いませんでした」

「今日は仕事の都合で、この近所まで来ましたので……」

美弥は恥ずかしそうな顔をした。

「仕事……」

「はい、仕立屋の仕事を請け負っているのでございます。そうでもしなければ生計《たつき》がままなりませんゆえ」

伝次郎は意外に思った。良家の女だと思っていたのだが、意外に苦労人のようだ。

「それは大変ですね。あの、それで妹さんはなぜあんなことに……。いや、こんなことは失礼でしょうが、気になっておりまして……」

言葉どおり伝次郎は、たしかな経緯《いきさつ》を知りたいと思っていた。美弥は悔しそうに唇を噛み「気にしてくださってありがとうございます」と、泣きそうな顔になった。それから、つと、細い顎を持ちあげるようにして、

「目付は役に立ちません」

と、これまた悔しそうに顔をそむけた。伝次郎は訝しそうに目を細め、

「少し話してもらえませんか」

と頼んでみた。すると、美弥は伝次郎をあらためるように見て、

「聞いていただけますか」

と、応じた。

伝次郎はその辺の茶店に入ろうかと思ったが、人の死に関わることである。ここ

ははばかりのいらない「ちぐさ」がよいだろうと考え案内した。

店の暖簾はあげられたばかりだったが、さいわい客はいなかった。千草はいつものように明るく伝次郎を迎え入れたが、あとから入ってきた美弥を見ると、

「あら、今日はどんな風の吹きまわし」

と、目をぱちくりさせた。

「少し、込み入った話があるんだ。席を外してくれないか」

伝次郎は阿吽《あうん》の呼吸で酒を運んできた千草にいった。

「いつになくつれない人」

伝次郎のいい方が悪かったのか、千草は少しふくれ面をして板場にさがった。

狭い小上がりで伝次郎と美弥は向かいあって座った。美弥は伝次郎に銚子を差し向けて、

「きれいな女将さんですね」

と、いう。

「酒がだめならお茶でも淹れてもらいましょうか」

伝次郎は気を使った。

「わたしはなにもいりませんから、どうぞおかまいなく」

美弥はそう断ってから、死んだのは妹だけでなく慎之丞という夫も死んだといった。

「妹御のご亭主も……」

すでに小耳に挟んでいたことだから、伝次郎は驚きはしなかったが、それでも妙なことだと思う。

「夫の慎之丞さんは短刀で自害をしておりました。なぜ、二人がそんな死に方をしなければならなかったのかわかりませんが、目付は通りいっぺんのことを調べただけで、心中で片づけてしまいました。わたしは、そんなことはないと思っています。二人は祝言を挙げたばかりだったのです。それも、妹は以前から慎之丞さんに気に入られておりまして、妹もいっしょになることをひそかに望んでいたのですから……。それをいともあっさりと、心中だと……」

美弥は膝に置いた手をにぎりしめ、形のよい唇を引き結んだ。

「なにか心あたりでも……」

「なにもありません。あの二人に死ななければならないような悩みなどなかったはずです。心中したとはとても……わたしはいまも信じられません」

　言葉を切っていった美弥は、せつないため息を漏らして、

「わたしには不幸がついてまわるのかもしれません」

　と、つぶやいた。

「立ち入ったことをお訊ねしますが、美弥さんのご亭主は？」

　美弥は瞳を大きくして、

「亡くなりました。それがよくわからない死に方で、事故だったのか、誰かの仕業《しわざ》だったのかはっきりしていないのです」

　と、悲しそうな声になった。

「どういうことです？」

　美弥は死んだ夫・藤倉虎之助《ふじくらとらのすけ》の死を、かいつまんで話した。それは一年ほど前のことで、虎之助は釣りに行って、大川で死体となってあがったのだった。

　調べの末、誤って舟から落ちて溺《おぼ》れ死んだことになったが、他殺の疑いも残っていた。なぜなら、虎之助の頭に傷があったからである。しかし、調べはおざなりで、いとも簡単に事故死になったという。

釣りに行ったとき連れはなかったらしいが、美弥が個人的に調べると、釣り舟を借りた船宿で親しく話していたものがいて、その者といっしょに舟に乗っていることがわかった。さらに、釣りをやっていたのは、曳舟川《ひきふねがわ》であったこともわかった。曳舟川は北本所の水田地帯から横川に引かれた上水である。農業用水と舟運《しゆううん》に使われているが、江戸のものが好む釣り場にもなっていた。

「わかったのはそれだけですが、わたしは夫が出かけるときに腰に差していた脇差がないことに気づきました。それは夫がお父上から譲り受けた大事な一振りでした。川に落ちたときに、いっしょに落としたのかもしれませんが、ひょっとすると誰かが持ち去ったのかもしれません」

持ち去ったのは夫・虎之助を殺した下手人《げしゆにん》といいたい口ぶりだった。

「わたしにはよくわかりませんが、脇差は夫の家で代々受け継がれてきた孫六兼元《まごろくかねもと》という業物《わざもの》でした。わたしはその脇差を探そうと、ときどき船頭さんの舟に乗せてもらっているのです。伝次郎さんもその船頭さんのひとりですけれど……」

「しかし、なぜ曳舟川に釣りに行ったのに大川で見つかったのです？」

「それはわたしにもよくわからないことです。夫は御米蔵の向こう岸であがりましたけれど、借りていた舟は大橋のすぐそばで見つかりました」

「…………」

「夫の死をいまさらとやかくいいたくはありませんが、せめてあの人の脇差だけでも見つけられないものかと思っているのです」

伝次郎はなぜ美弥が同じ経路で舟を雇うのか、ようやく納得がいった。

「もし、その脇差を持っているものがいたら、ご亭主を殺した人間かもしれませんね」

何気ない伝次郎の言葉に、美弥ははっと瞳を見開いた。

「……そうかもしれませんが、もう刻がたちすぎていますので、あのことを蒸し返してもきっとわからないだろうとあきらめ、涙を呑むしかありません。それより妹夫婦の死があっさり心中だと片づけられたことに、わたしは納得がゆかないのです」

「裏になにかあるとお思いで……」

「そうでなければおかしいです」

美弥は凜《りん》とした顔でいいきった。

伝次郎は静かに酒を飲み、しばらく表に目を向けた。いつしか黄昏《たそがれ》が濃くなっていた。空に浮かぶ雲にはわずかな日の名残があるだけだ。

「お節介なことかもしれませんが、少し調べてみましょうか?」

美弥は意外だったらしく、驚いたように目をみはった。

「こう見えても、なにか役に立てると思うのです」

「ほんとうに調べてくださいますか」

「目付の調べに納得がいかないのでしょう」

「……では、お願いいたします」

美弥は頭をさげると、伝次郎の新たな問いかけに逐一答えていった。

五

いつしか日が翳《かげ》り、はたと気づくと店のなかの燭台に灯がともされていた。さっきからりつの話に耳を傾けていた主馬は、心地よい酔いを覚えていた。それもりつの話が、奇しくも自分の抱えている悩みに似ていたからでもある。

りつは夫と別れたがっていた。主馬は、りつの夫・佐々木仙助は真面目な男だと耳にしていたのだが、妻であるりつから聞くとそうではないようだ。

夫の仙助は酒癖が悪く、虫の居所が悪いとりつに暴力をふるうらしい。さらに新妻がいるというのに悪所《あくしょ》通いもするという。夫婦の会話も少なく、話といったら仕事の愚痴《ぐち》ばかりで、ときに同輩らをひどくなじり倒し、上役の悪口もはばかりがないという。

「つつがなく幸せにやっていると思っていたのだが……それはとんだご亭主であったな」

「申しわけございません。お殿様ならば聞いてくださると思いまして……」

りつは濡れたような赤い唇を噛んでうつむいた。

本所清水町《しみずちょう》にある小料理屋の隅だった。二人は衝立《ついたて》で仕切られた客間で、向かい合っているのだった。客は四組ほどあったが、どれも近所に住まう侍のようだった。このあたりは旗本や御家人の屋敷が多いからだろう。

「しかし、一度嫁いだのだ。辛抱しなければならないときもある。いずれ、ご亭主にもわかるときが来て、夫婦円満になるかもしれぬ」

主馬は、そんな亭主などとは別れてしまえといいたいのだが、心とは裏腹なことを口にした。

「いいえ、わたしはこの先うまくやってゆく自信がありません。それに……」

りつは言葉を切って躊躇《ためら》った。

「それになんだ？」

「……あの方とは肌が合わないのです」

そういったりつの顔がまっ赤になった。主馬は心を打ちふるわせながら、なんと可愛《かわい》い女であろうかと思った。

「もし、わたしが独り身であったなら、りつ、わたしはそなたを嫁にしたいところだ」

主馬は本心を口にした。

と、恥ずかしそうにしていたりつが、真正面から見つめてきた。その目の縁がかすかに赤みを帯びていた。

主馬は周囲の客を盗み見ると、そっと手をのばしてりつのそれに重ねた。

「ほんとうであるぞ」

「……お殿様がそう思ってくださるだけで、わたしは幸せです。でも、ほんとうにそうだったならと、何度思ったことでしょうか」

「まことであるか」

主馬はもう人目も気にせず、りつの手をにぎりしめた。りつも抵抗しなかった。りつの手にはやわらかなぬくもりがあり、少しだけ汗ばんでいた。

「……いつも、お殿様のお屋敷にいたころを思いだしていました。そして、やさしいお殿様のことを……」

「まことに、まことに……」

主馬は自分が上気しているのを覚えた。胸がかっかと熱くなっている。

「はい。わたしはこんな夫なら、さっさと別れてお殿様の囲いものになってしまいたいと、そんなことさえ……申しわけありません。はしたないことを」

急にりつは畏《かしこ》まって頭をさげた。それからゆっくり、つかまれている手を引いた。近くで飲んでいた客が、どっと楽しそうに笑った。

主馬はりつを見つめた。

「りつ、いま申したことは本心であるか？」

「偽りではありません。でも、お殿様には迷惑なことです。よくわかっております。できた奥様がいらっしゃるのですから……」

主馬は視線を彷徨《さまよ》わせ、酒に口をつけた。ここで軽はずみなことはいえないと考えをめぐらせる。

「なにかお気に障《さわ》ることを申してしまったのでは……」

りつの声で主馬は顔を戻した。りつはなにかを恐れたように肩をすぼめている。

「なにも気にはしておらぬ。だが、もしそなたが……もしものことであるが、離縁したとなれば、真っ先にわたしに知らせてくれるか」

「……はい」

「もしそなたがひとりになったら、わたしが面倒を見てやろう」

「ほんとうでございますか」

りつの目が期待に光り輝いた。主馬はその目に偽りのないことを見て取った。

「しかし、そのようなことはあるまい。りつはできた女だ。いまは夫婦仲がうまくいっていなくても、いずれわかりあい仲良くなることだろう。世間にはよくあることだ。要は辛抱が大事だということであるが……」

軽く突き放すようなことをいって酒に口をつけると、りつはがっかりしたように肩を落とした。その様子を見た主馬は、自分がぼんやり考えていたことを、

（これはいよいよ本気で考えなければならぬ）

と、胸の内でつぶやいた。

六

妹夫婦の死に疑問を持つ美弥は、伝次郎に調べを頼んで帰っていった。伝次郎がその後ろ姿が消えるまで見送っていると、

「きれいな人ね」

と、背後からふいの声がかかった。振り返ると、千草がそばに立っていた。

「うむ。だが、可哀相な人だ」

「送っていかなくてよかったの？」

そういう千草の目に、なにやら嫉妬《しっと》めいた色が浮かんでいた。

「妙なことを勘ぐらないでくれ」

伝次郎はそのまま店のなかに戻った。いつしか客が増えていて、土間席で酒を飲む近所のものたちが、楽しそうに笑いあっていた。

伝次郎は残りの酒を飲むと、軽く飯を食べて店をあとにした。すっかり夜の帳《とばり》は下りている。いつしか空には雲がかかり、月も星も見えなくなっていた。そのせいで、居酒屋や料理屋からこぼれるあかりを受けた通りが浮き立っている。

伝次郎は家路につきながら、美弥から聞いたことを思いだしていた。美弥の妹の美紀とその夫の小笠原慎之丞は、遺書も残さず死んでいる。

慎之丞は自宅屋敷の座敷で、喉を突いて果てていたという。美紀は家からほどないところにある天神橋のそばで身投げをした。美紀が夫を殺《あや》めたのではないかという疑問があったが、それはあっさり否定された。

慎之丞は自ら喉を突いた脇差をしっかりにぎりしめていたという。目付はその死に方に、決して作為はなかったと断言もしているらしい。すると、慎之丞の妻であった美紀は夫のあとを追ったということか……。

伝次郎にはまた気になることがあった。夫を亡くしている美弥は、

「わたしは不憫《ふびん》な子を抱えておりますゆえ、しっかりしなければならないのです」

そんなことをつぶやくようにいった。

（不憫な子……）

いったいどう不憫なのだろうかと、伝次郎は暗い空をあおいだ。

角を曲がると、右に水野越前守《えちぜんのかみ》（浜松藩）中屋敷の長塀がつづいている。左は深川常盤町の町屋である。裏通りであるから人気もなくひっそりしている。

しめり気を帯びた地面が伝次郎の足音をにわかに吸う。どこかで猫が鳴いたときだった。左脇の路地から、黒い影がぬっと現れたと思うや、いきなり白刃《はくじん》を閃かせた。とっさのことに伝次郎は肝を冷やしたが、かろうじてかわした。

だが、曲者《くせもの》は足を踏み込んで刺撃《しげき》を見舞ってくる。素手の伝次郎は後ろに飛んで逃げるが、曲者はすぐさま間合いを詰めてくる。脇に構えられた刀が横薙《よこな》ぎに振られ、ついで逆袈裟《ぎゃくげさ》に振りあげられる。

闇のなかで妖《あや》しげな光を発する刃《やいば》が、ビュッと刃風を立てる。

「誰だ？」

伝次郎は左にまわりながら、曲者のつぎの斬撃を警戒する。曲者はなにも答えず、じりじりと間合いを詰めてくる。深い闇のせいで顔は見えない。

(まさか、津久間戒蔵《つくまかいぞう》では……)

伝次郎の頭に妻子を惨殺した敵の顔が浮かんだ。しかし、いま目の前にいるのはちがう男だ。太刀筋がちがいすぎる。

曲者は青眼から八相《はっそう》に構えなおし、左足を前に体をやや右に開く恰好で詰め寄ってくる。ただの脅しではない。明らかに殺意がある。

伝次郎は低く腰を落とし、相手の動きを見る。逃げれば、背中に一太刀浴びせられる恐れがある。夜目に慣れた目を光らせ、相手の足の動きと、刀の動きに注意する。

さっと、曲者の着物の裾が翻った。同時にその体が宙を飛び、天に突きあげられた刀が大上段から振り下ろされる。

伝次郎は横に転んで逃げるしかなかった。そこへ、曲者はこれでもかこれでもかと、唐竹割《からたけわ》りに撃ち込んでくる。伝次郎は地を転げながら、砂をつかんだ。

曲者の殺人剣が肩先をかすったとき、伝次郎は素早く立ちあがると、つかんだ砂を曲者の顔めがけて投げた。

「うっ……」

一瞬、曲者が顔をそむけた。

隙あり。

伝次郎は一足飛びに曲者の懐に飛び込むと、素早く腰の脇差を奪い抜き、振り返りざまに肩を狙《ねら》い斬った。しかし、それはわずかにそれた。

曲者が青眼に構えなおす。伝次郎は右手一本で持った脇差の切っ先を、曲者の眉間《みけん》に据えた。短い間――。

曲者は不用意に出てこない。自分の間合いを計りながら横に動いた。

そのとき伝次郎は、曲者の背後に二つの影を見た。

（敵はひとりではない。三人か……）

いったい誰だろうかと思うが、それよりも目の前の曲者をどうにかしなければならない。

曲者は大柄だ。伝次郎より二寸は背が高い。

夜風が伝次郎の小鬢の乱れを揺らす。曲者は切っ先をすいと、一寸ほど持ちあげた。

伝次郎は柄をにぎる手を緩《ゆる》め、それから静かに息を吐きだしながら臍下《せいか》に気を込め、ゆるめていた手の指にゆっくり力を入れてゆく。手にしている脇差の切っ先が、ぴたりと止まった。伝次郎はいま心を平静にし、相手の心の内を読む心境になった。

これで慌てることなく、相手の動きを読み取ることができる。爪先で地面を嚙み、双眸に力を込める。眉間にしわが彫られたとき、相手の足が動いた。それは伝次郎の目に、やけにのろく見えた。

曲者は刀の動きを抑えながら、面を割りに来た。その剣尖《けんせん》が伝次郎に向かってくる。だが、ここで逃げないのが一刀流の極意である。向かってくる曲者を恐れもせず、伝次郎は前に進み出た。相手を迎え討つ恰好だ。ややもすれば相討ちになる危険な動作である。

曲者の刀が眼前に迫ってきたその刹那、伝次郎は右足を踏み込みながら腰を落とし、相手の刀をすりあげながら脇差を斜め上に突きあげた。

伝次郎はいままさに一刀流の極意のひとつである「仏捨刀《ほしやとう》」を使ったのである。

「ぐっ……」

曲者の刀は空を切っていたが、伝次郎の脇差は曲者の左肩下を刺していた。曲者がよろけて左足を引いた。闇のなかに、黒い血の筋が弧を描く。

伝次郎は即座に前に跳ぶと、曲者の腕をつかみ取るや、そのまま足をかけて、どうと、地面にたたきつけた。柔道でいう内股である。

そのまま大刀を奪い取り、さっと背後を見ると、二つの影が恐れたように後じさりしている。逃がしてはならない。伝次郎は地を蹴るなり、二つの影に迫った。それに気づいた二人の男が背を向けて逃げだす。

伝次郎は片手に持っている脇差を投げた。闇のなかを一直線に飛ぶ脇差は弧を描いて落ちながら、ひとりの男の太股に刺さった。

「いてえー」

悲鳴を発して男が倒れた。もうひとりがそれを助け起こそうとしたとき、伝次郎は間近に迫っていた。さっと相手が匕首を抜いた。だが、そこまでだ。

伝次郎の手にしている刀が、その男の首筋にぴたりと添えられたのだ。

「ひッ……。や、やめろ。やめてくれ」

相手はふるえていた。塙一家の孝蔵だった。

「てめえだったか」

「た、頼む。斬らねえでくれ」

伝次郎は慈悲を請う孝蔵の顎を、柄頭で思い切り殴りつけた。孝蔵の体が横に飛ぶように倒れた。歯が折れ、唇の端から血がしたたっている。

「話はついたはずだ。おまえの親分も水に流すといったはずだ。それをてめえ……」

「や、やめろ。お、おれが悪かった。謝る、このとおりだ」

孝蔵は両膝を地につき、拝むように両手をあわせて懇願する。そこは近くの軒行灯のあかりがわずかに届く場所で、孝蔵は泣きそうな顔をしていた。

「これ以上おれに関わるな」

「わ、わかった」

伝次郎は両手をあわせて命乞いをする孝蔵を強くにらんだ。

「約束をたがえたら、今度こそてめえの命はないと思え」

「嘘はいわねえ。もう二度とふざけた真似はしねえ。このとおりだ。斬るな、斬らねえでくれ」

伝次郎は刀を引くと、大きく肩を動かしてため息をついた。それから手にしてい

る刀を遠くに放り、

「おれに斬りかかってきた男は生きている。帰って手当てをしてやれ」

と、諭すようにいい聞かせ、太股を怪我して尻餅をついている男を見た。その男も恐怖からすくわれたような顔をしていた。

「消えろ」

伝次郎が静かに吐き捨てると、孝蔵はそばにいる男に肩を貸して、先のほうでうずくまっている男のところへ行った。伝次郎は立ったまま、その様子を眺めていた。

やがて三人の男は尻尾を巻いた負け犬のように、遠くに逃げ去っていった。

七

「そりゃほんとうか……」

焼いた目刺《めざ》しを肴に酒を飲んでいた田辺藤蔵は、ももんじ屋から帰ってきた稲津文五郎に顔を向けた。ももんじ屋とは獣肉を売る店である。

「嘘じゃないさ。おれたちがいたぶったのは、小笠原慎之丞といって、大番組の番《ばん》士《し》だったって話だ」

「それじゃ、下《した》っ端《ぱ》の幕臣《ばくしん》じゃなかったというわけか」

村瀬八郎太がぺちゃ鼻の脇をかきながら、文五郎が買ってきた鹿肉を受け取った。

「なんでも短刀で自分の喉を突いたんだそうだ。あの女房も天神橋から身投げしたっていうんだ。話を聞いて驚いたぜ」

「そりゃいつのことだ？」

藤蔵は無精ひげについた酒を、舌先で舐めて聞く。

「どうも話からすると、あの男がここに乗り込んできた晩のことらしい」

「あの晩に……」

「そのようだ」

「すると、もうおれたちゃ、あの夫婦を脅せないってわけだ。金蔓《かねづる》になると思ったんだがな」

気楽なものいいをする八郎太は、それでこれは焼いて食うのかと、鹿肉を見て藤蔵と文五郎を見る。

「焼いて食おう。そっちのほうが手間がかからなくていいや。早くやってくれ」

藤蔵がそういうと、八郎太は土間に下りて七輪に火をおこしにかかった。

「それにしてもなんで死んだりなんか……。あの夫婦もんはいっしょになったばかりだっていうのに……」

文五郎が欠け茶碗に酒をなみなみとつぐ。

「生きていられなくなったんだ。おれたちにやられたことは、やつにとっちゃ大きな恥だ。それに仕返しに来たが、結局はおれたちに追い払われた。そんなことは人にいえたもんじゃない。武士の一分《いちぶん》がすたったのだからな」

「ふむ、そういうことだろうな」

文五郎はわかったような顔でうなずく。

「これでおれたちゃ、まだ当分ここに居座れる」

藤蔵は、じつは小笠原慎之丞が恥をかき捨てて、仲間を募ってここに押しかけてくるかもしれないと危惧していた。文五郎や八郎太にはそんな素振りは見せなかったが、じつはひやひやしていたのだ。だから、逃げ道もちゃんと考えていた。

「それより、これから先どうする？　道場破りをしたって、その場しのぎにしかならないことはわかっただろう」

藤蔵は沢庵《たくあん》を口のなかに放り込んだ。

「たしかにおまえのいうとおりだ。手ごろな道場を探すのも骨が折れるしな……」

「なにか考えがないか」

藤蔵は沢庵をぽりぽり嚙みながら、文五郎の豆粒のような目を見る。

「なにをやるにしても、とにかく元手がなきゃな……」

「その元手を作ることを考えているんじゃねえか」

藤蔵と文五郎は思いつくことを話し合った。強請《ゆす》りたかりはやめよう。盗みはうまくいけばいいが、そうでなきゃ危ない綱わたりだ。商家の用心棒もいいが、そんな店をどうやって探す。あれはどうだ、これはどうだと話をしているうちに、八郎太が七輪を居間にあげて、鹿肉を竹串に刺して炭火の上にわたした。

串は七、八寸の長さで、ぶつ切りにした鹿肉を刺してある。それに塩を振り、食べる前につぶした唐辛子をぱらぱらと振りかけるのだ。

三人が郷里の猟師から教わった食べ方だった。

肉が焼けてくると脂が炭火に落ちて、ジュッと煙をあげる。芳《こう》ばしい肉の匂いが屋内に広がる。八郎太は器用なもので、適当に塩をまぶすようにかける。

「こういう料理屋を出せば流行《はや》るかもしれねえな」

藤蔵は生唾を呑みながらいう。涎《よだれ》が出そうなほどだが、まだ食うには早い。

「店を出すには元手がかかるんだぜ」

文五郎がいう。

そうだなと、藤蔵は焼ける肉を見る。焼けた肉の襞《ひだ》に、脂のある赤身が残っている。そろそろいいだろうといって、一本の串を取り、それにつぶした唐辛子をかける。そのまま肉にかぶりつく。肉汁が口の端からこぼれ、顎をつたう。

藤蔵の舌にほどよく塩のきいた肉の味が広がり、同時に唐辛子の辛みが混ざる。その辛さで顔が熱くなる。だが、その辛みと塩が肉の味を引き立てる。咀嚼《そしゃく》された肉が胃の腑に落ちる前に、食欲がますますわく。

「やっぱり肉はうめえ」

藤蔵は顎についた肉汁を手の甲でぬぐい、つぎに取りかかる。文五郎も八郎太も「うまい、うまい」ともう他に言葉はない。これから先の話など、肉を食ってからだ。

新たに串刺しの肉を七輪にわたす。ジュッと肉汁が落ちて、芳ばしい煙をあげる。

唐辛子をかけすぎた文五郎が「はふ、はふ」いいながら、酒を喉に流し込む。

「お頼み申す」

突然、戸口に声があったのは、藤蔵が二本目の串を食べ終えたときだった。三人は同時に体をかたくし、さっと戸口を見やる。

「誰だい？」

藤蔵が声をかけると、

「夜分に申しわけないが、貴公らに相談したい儀がある。入れてもらえぬだろうか」

と、相手はずいぶんと堅苦しい物いいである。藤蔵が開いているから入れと声を返すと、戸口の板戸がガタガタ軋《きし》みながら開いた。

入ってきたのは身なりのいい侍だった。柿渋の網代文様《あじろもんよう》の着物を着流し、茶献《ちゃけん》上《じょう》の帯を締めていた。大小の拵《こしら》えも立派なものだ。

「これはお楽しみであったか」

男は七輪にかかっている鹿肉に目を移していう。

「それよりなんだ？」

藤蔵がぞんざいに聞いた。

「拙者は青山彦太郎《あおやまひこたろう》と申す。先般、貴公が本所長岡町にある天聖館において行った試合を見ていたのだが、いたくその腕に感服つかまつった」

「青山さんとかいうが、ひとりかい?」

藤蔵は戸口に用心深い目を向けてから青山に目を戻した。顎の下に小豆大の黒子がある。年のころは三十半ばだろうか。青山は藤蔵の懸念《けねん》を払拭《ふっしょく》するように、ひとりだといった。

「それで相談だといったな」

藤蔵は口のなかに入っていた肉を数度嚙んで呑みくだした。

「ただいますぐというわけではないが、近いうちに大事な仕事をお頼みしたい」

「どんな仕事だ?」

「それは、いまは申せぬ。申せぬが、うまくいったらその礼として百両支払う」

「百両……」

藤蔵は文五郎と八郎太と顔を見合わせ、青山に視線を戻した。

「受けてくれるなら、いまここで前金として五十両払う」

「それは気前のいいことを……。だが、どんなことをするのか、少しは教えてもらいたいもんだ」

「いまはいえぬ。それは後日だ」

青山はきっぱり拒否して、言葉を足した。

「相談に乗るといってくれれば五十両。乗らないというのであれば、拙者はこのまま帰るだけだ」

「藤蔵、受けちまおうよ」

八郎太が身を乗り出すようにしていう。文五郎も受けろという目つきだ。

「ほんとうに前金で五十両もらえるんだな」

「払う。しかし、この家を離れたりはしないだろうな。もしどこかへ移るというのであれば、そちらのほうを教えてもらいたい」

「移りはしないさ。もう、なんの心配もいらなくなったんだから。なあ……」

藤蔵はそういう八郎太の膝をたたき、

「余計なことをいうんじゃねえ」

と、ひとにらみして、青山に目を戻す。

「どんな仕事かわからぬが、危くないことなら引き受けよう」

青山の口許に、にやりと笑みが浮かんだ。

「ならば、ここで五十両お支払いする」

青山はそういって懐から畳紙《たとうがみ》に包んだ切り餅を、二つ取りだした。

「難しい仕事ではないが、この件はかまえて他言無用に願う。お願いできるな」

「そりゃもちろん」

藤蔵は差しだされた切り餅を、手前に引きよせた。

第四章　聞き込み

一

額の汗が傾いた日の光を照り返していた。

敵は逆光のなかにあり、顔が見えない。伝次郎は激しく肩を動かして、間合いを詰めていた。剣尖は相手の喉に向けられている。そこは、とある屋敷の庭で、周囲には幾人もの人間がいた。伝次郎の同心仲間が三人。さらに、その屋敷の侍たちが槍《やり》や刀を抜いて取り囲んでいる。

伝次郎は間合いを詰めた。対峙《たいじ》している相手も逃げることをせず、間合いを詰める。じりじりとその距離が詰まり、間合い二間になった。と、パッと地を蹴って飛んだのは、伝次郎だった。

敵は体を開きながら、伝次郎の斬撃を横に払い、迅雷《じんらい》の早業《はやわざ》で打ち返してきた。

刹那、伝次郎は相手の懐に飛び込み、右斜め上方に刀を振り抜き、踏み込んだ足を引くと同時に、袈裟懸けに振り下ろした。

「つっ……」

相手の顔がゆがんだ。口が奇妙にねじれ、一歩二歩とさがる。その顔が日の光にさらされた。老若男女、身分を問わず辻斬りを繰り返していた津久間戒蔵だった。

蛇のように冷たい目に、初めて怯みの色が浮かんだ。伝次郎はさらに攻撃をかけようと間合いを詰める。しかし、津久間はそれを嫌うようにさがる。

額を斬られた津久間の眉間から鼻の脇へ、一条の血がつたっている。

「津久間、逃げられはせぬ。観念しろッ！」

声は伝次郎の先輩同心・酒井《さかい》彦九郎《ひこくろう》だった。

津久間の視線が逃げ場を探すように彷徨《さまよ》う。まわりを取り囲んでいる家侍《いえざむらい》たちがじりッじりッと、その輪を狭める。

「津久間、許さぬ」

伝次郎は裂帛《れっぱく》の気合を込めて、津久間に撃ちかかった。だが、津久間は大きくさがった。転瞬、身を翻すと、そばにいた家侍を斬りつけて活路を開き、器用にも松の木を利用して塀の外に飛びだした。

伝次郎は追おうとしたが、屋敷の侍たちが邪魔になって追跡が困難になった。

「どいてくれ。どけ、どくんだ！」

伝次郎はわめくように怒鳴った。すると、家侍たちが怒鳴り返してきた。

「ここを誰の屋敷だと心得おる！」

「誰の屋敷でもかまわぬ。あやつは人殺しだ。罪もない何人もの人間を殺している鬼畜である。逃がしてはならんのだ！」

伝次郎と仲間の同心たちは、彼らを押しのけて屋敷の表に飛びだした。

しかし、そこには津久間はおろか人ひとりの影すらなかった。掃き清められた道が夕日に染められているだけだった。

気づいたとき、伝次郎はひとりになっていた。そのとき背後から声がかかった。

振り返るなり、ぎょっとなった。さっき逃がしたばかりの津久間戒蔵が、抜き身の刀を手に立っていたのだ。眉間の上に長さ一寸ほどの刀傷があった。

さっき伝次郎が斬ったときの傷だ。津久間は口の端ににやりと笑みを浮かべた。瞬間、手にしている妖刀が無防備な伝次郎に襲いかかってきた。

はっと、目を開けた伝次郎は、しばらく天井を凝視した。

(夢だったのか……)

久しぶりに妻子を殺した津久間戒蔵の夢を見た。それも、ただ一心に津久間捕縛のために侵入した大目付・松浦伊勢守忠《まつうらいせのかみただし》の屋敷だった。

(あのときとまさに同じことが夢に……)

心中でつぶやく伝次郎は、寝汗をかいていた。夜具を払いのけると、浴衣を脱ぎ捨て、乾いた手ぬぐいで体を丹念にぬぐった。

その肉体に贅肉《ぜいにく》はほとんどない。厚い胸板に、りゅうとした瘤《こぶ》のある腕。背や腹や肩口に古い傷があった。そのいくつかは刀創だった。

股引に腹掛け、膝切りの着物を着込んで井戸端に行くと、さっきの夢を払うように顔を洗った。朝日はまだ弱く、あたりには靄《もや》が立ち込めていた。長屋のおかみ連中がやっと起きだしたころだった。

伝次郎は家に戻ると、湯を沸かし、それで茶漬けを作って、さらさらとかき込んだ。独り暮らしの朝餉は侘《わ》びしいが、もう慣れっこになっていた。

そうしているうちに表が慌ただしくなり、おかみや子供たちの声が聞かれるようになる。小さく開いた腰高障子から、炊煙が入り込んできて、煙出しの窓から逃げてゆく。

伝次郎は愛刀・井上真改《いのうえしんかい》をつかみ、さっと刀身をあわい光にかざして眺めた。手入れは行き届いている。そのまま鞘《さや》に納めると、丁寧《ていねい》にたたんだ夜具の裏に隠す。さらに夜具は枕屏風《まくらびょうぶ》で囲って見えないようにする。

家を出た伝次郎は舟を置いている芝翫河岸に足を向けた。日の昇りは早く、あたりはすっかり明るくなっている。路地のあちこちから納豆売りや魚屋の棒手振が現れては、また別の路地に消えてゆく。

朝日を受ける小名木川は、さざ波を浮きあがらせていた。

伝次郎はゆっくり舟を出した。朝の小名木川の景色を見るのが好きだった。夜露に濡れた川岸の柳、石垣の隙間に可憐《かれん》に咲く小さな花々……。

伝次郎はときどき河岸道を歩く侍に、鷹《たか》のような目を注ぐことがある。津久間戒蔵ではないかと思うからだ。しかし、いまだ津久間を見つけることはできなかった。

津久間は罪もない何人もの人間を殺したばかりではなかった。伝次郎が松浦伊勢守屋敷で取り逃がしたあと、なんと愛する妻と子供、雇いの中間らも惨殺したのである。


あの日のことが、まるで昨日の出来事のように脳裏に甦る。

南町奉行・筒井和泉守《つついいずみのかみ》に、職を辞することを申し出、それが受理されて帰宅したときだった。木戸門を入ったすぐのところに、一刀で斬られた中間と小者が倒れていた。さらに玄関に入ると、首を斬られて死んでいるひとり息子の慎之介《しんのすけ》が式台に横たわっていた。床は血の海になっており、日の光を照り返していた。

奥座敷には妻の佳江が、やはり虫の息で倒れていた。伝次郎はなにが起きた、だれの仕業であるかと妻に訊ねた。

「み、眉間に傷のある男が……突然やって……」

伝次郎に抱き起こされた妻は、必死に唇をふるわせながらか細い声を漏らし、事切れた。

しかし、そのとき、だれの仕業であったのか、伝次郎にはすぐにわかった。

津久間戒蔵以外のなにものでもない。眉間の傷は、伝次郎が斬りつけて負わせたものだ。あのときの津久間の顔はいまでも思いだせる。血をしたたらせた津久間の目も……。

許せない男だ。生かしておける男ではない。

年月がたつと、津久間に対する恨みや憎悪《ぞうお》はうすれ勝ちだが、今朝方見た夢でまた敵討ちに対する思いを強くしていた。

そのために、伝次郎は舟のなかに愛刀を持ち込んでいたのだが、舟客にいらぬ穿鑿を受けてからは控えている。いざとなったら棹や櫓を武器にする腹づもりでもあった。

伝次郎は舟を小名木川の東へ向け、大島橋をくぐって横十間川に入った。そのままま っすぐ北へ進み天神橋に向かう。

今日は美弥の妹夫婦の、死の謎《なぞ》を探るつもりだった。新婚そうそうの夫婦が心中するというのは当然解《げ》せないし、しかも夫婦別の場所で死んでいるのだ。

調べた目付は作為は感じられなかったといったらしいが、そのまま鵜《う》呑みにするわけにはいかない。伝次郎は普段の船頭から、元の町奉行所同心の目つきになっていた。

やがてめあての天神橋が近づいてきた。

二

その日、登城した水野主馬は、いつものように奥之間《おくのま》に詰めて事務をこなしたが、適当ないいわけを作って、大手門番所裏にある下勘定所に足を運んだ。

主馬は裃《かみしも》の上士であるばかりか、役高《やくだか》五百石、役料三百俵の、出世を約束された勘定吟味役である。そればかりでなく父の代より受け継いだ財産があるので、暮らしに困ることはなかった。しかし、いまは急な出費を要している。

ここは本意ではないが、知謀《ちぼう》をめぐらすことにした。下勘定所に足を運ぶのはそのためだった。ここは二階建ての役所で、四十人ほどの役人が詰めている。玄関に入ると、主馬を認めた下役が急に緊張の顔つきになった。

「これは水野様……」

畏まって頭をさげる下役に、

「組頭の西森《にしもり》に会いたい。いるか？」

と、主馬は問うた。

「はは、ただいま取り次ぎますゆえ、しばらくお待ちを……」

「いや、いるならよい。わたしのほうから出向く」

下役を制した主馬はずかずかと式台にあがって、勘定組頭である西森邦太郎《くにたろう》の部屋を訪ねた。一階奥にあるその部屋は、かつて主馬がいた部屋でもある。

「精が出ているようだな」

障子が開け放してあったので、部屋の前で声をかけると西森がはっと振り返り、驚いたように目をみはった。

「かたい挨拶は抜きだ」

主馬はそういって部屋の中央に腰をおろした。文机がコの字型に並んでいるが、部屋に詰めているのは、さいわい西森ひとりだった。これは好都合だと思った主馬は、

「そのほうに、たしかめなければならぬことがあってな」

と、口の端に意味深な笑みを浮かべた。

「なんでございましょう」

前触れなしの突然の来訪に、西森は狼狽《ろうばい》していた。勘定所に関する一切の仕事に不正がないか目を光らせる吟味役が来たのだから無理もない。

「ふむ。帳面を調べておったところ気になることがあったのだ」

「なにかまちがいでもございましたか……」

西森は三十前の若い男だった。この年で勘定組頭を務めるというのは、それだけ有能だからである。また、勘定吟味役に抜擢《ばってき》されるのも、勘定組頭からが多い。もちろん、取締役にまわるのだから、清廉な仕事を評価されての抜擢である。

「いまも普請はつづいておるが、築地川《つきじがわ》のことだ。あれは大きな普請である」

「堀の傷みも石垣の崩れもひどうございましたから、川浚《かわさら》いからはじめなければなりませんでした。しかし、普請は滞ることなく進んでおります」

「そのように聞いておる。しかし、わしの下役が妙なことを耳にしているのだ」

障子越しのあわい光を受けた西森の顔がこわばる。

「普請を請け負ったのは日本橋と木挽町《こびきちょう》、そして芝口《しばぐち》の商人である。いずれも大商人で、人足や石工なども束ねている。気になるのは木挽町の三井屋勘右衛門《みついやかんえもん》だ。

支払われている公金はかなりの高である」

「……………」

「それに、おぬしの下役である勝手方《かってがた》の太田《おおた》はずいぶん、三井屋勘右衛門の招きに与《あずか》っているそうであるな」

主馬はきらりと目を光らせて、西森を見る。そのこわばった顔が青ざめていた。

「もっと調べればあれこれと出てきそうな気配だ」

主馬はのんびりと煙草入れを出し、そばにあった煙草盆を膝許に引きよせる。

「あら探しをするつもりはないが、よもや袖の下をもらったりはしておらぬだろうな。万にひとつでも、そのようなことがあれば、西森、おぬしの身はどうなろうぞ」

「わたしは決して三井屋とつながったりなどはしておりませんし、袖の下などと……」

「調べればわかることだ」

主馬が遮ると、西森は表情をなくした。

「よいか、これはここだけの話で終わらせたい。おぬしは昔わたしに仕《つか》えていた可愛いやつだ。その身によからぬことがあっては、おぬしの家族も困るであろう。そのことを案じて申す」

主馬は声をひそめて身を乗りだした。

「いまならわたしが目をつむっておれば、なんの穿鑿も受けぬ。だが、それはおぬしの心がけ次第だ」

「それはいったい……」

主馬はふふふと、小さな笑いを漏らして西森の目を見る。

「わたしも困っておるのだ。なにかと物入りでな。ちとこればかり足りぬのだ」

主馬は手にしている煙管を膝許で動かした。それは「百」という文字を描いた。

「どうにかならぬか」

「いや、それは……」

「できなければ調べを進める。できればわたしのところでうまく止めてやる。話はそれだけだ。急ぎはせぬが早いほうがよい」

主馬はそれだけをいうとさっと立ちあがった。それから部屋の外に出て、西森を振り返った。

「できるか?」

「はは、なんとかいたします」

頭をさげた西森は苦しそうな声を漏らした。

下勘定所を出た主馬は、一度奥之間に戻り、それから下城の時刻を待った。そして、その時刻が来ると大手門を出て、供侍と小者らを先に帰し、自分は目立たないように門そばに控えた。

登下城の際、大手門は混雑の様相を呈する。下士は上士に会うたびに、立ち止まって挨拶をし、上士も自分の目上のものだとわかれば、挨拶をする。駕籠《かご》で帰る大名や大旗本がいれば、馬を使うものもいる。

主馬が待つのは作事奉行の配下である、作事奉行下役の田中治兵衛《たなかじへえ》だった。この男は主馬より年上の遠い親戚で、出世のし損ないをしている。その治兵衛が供のもの五人を連れて大手門から出てきた。

「治兵衛さん、ご無沙汰をいたしております」

主馬は何気なさをよそおって近づいた。

「主馬ではないか。このところとんと顔を見せないと思っていたが、たいした出世であるな」

治兵衛は若禿《わかはげ》なので、好々爺《こうこうや》に見える。主馬を見るなり面差しをゆるめた。

「そうでもありません。煩雑な仕事に追われる毎日で、気の休む間がありませぬ」

「ひとりか？」

「野暮用があり供のものは先に帰したのです」

「どんな用か知らぬが、勘定吟味役ともなれば付き合いも多かろう。出世すればいたしかたのないことだ」

主馬は治兵衛と肩を並べながらしばし雑談をしたそのあとで、

「そういえばわたしの屋敷に行儀見習いに来ていた娘が、治兵衛さんの下役に嫁いでおります。ご存じですか？」

と訊ねた。

「ほう、そうであったか。そりゃ誰だ？」

「佐々木仙助と申す作事方勘定役だと聞いておりますが……」

「佐々木であるか。あのものなら知っておるが、なに、あやつの嫁がそなたの家で奉公しておったか。それはついぞ知らなかった」

「できた娘でしたので、よい夫に恵まれたのではないかと喜んでいる次第です」

主馬はちらりと治兵衛の横顔を窺う。治兵衛の表情は変わらなかったが、

「佐々木は仕事は真面目にこなすが、ちょいとばかりな」

と、言葉を濁す。

「なにか気になることでも……」

「ふむ。若いころはどうにも行状《ぎょうじょう》の悪い男でな。それがなおったと思ったら、悪所通いがひどいらしいのだ。もっともこれは人を介しての噂であるが……」

「噂がまことであれば由々しきことではございませんか。嫁をもらったばかりですよ」

「だから嫁をもらったのかもしれぬ。それにできた嫁なら悪い癖もなおっておろう」

「そうであればよいのですが……」

主馬はもっとあれこれと、佐々木仙助の話を聞きたかったが、愚にもつかない世間話に話題を転じた。深く話を聞けば、のちのち疑いの目が向けられるかもしれない。それを嫌ってのことだった。

話をしているうちに、常盤橋《ときわばし》をわたっていた。

「では、わたしはここで……」

主馬は立ち止まって治兵衛に軽く挨拶をした。

「たまにはそなたとも一献《いっこん》やりたいものだ」

治兵衛がいうのへ、

「是非ともお願いいたします」

と、言葉を返して背を向けた主馬は、表情を引き締めた。

(一度、佐々木仙助の顔を拝んでおかねばならぬな)

胸の内でつぶやく主馬は、遠くの空に浮かぶ雲を眺めた。

三

天神橋から舟を出したとき、日は傾きはじめていた。竪川に出ると、やや正面から日の光があたってきた。進む川面がそのせいでまぶしいほど輝いている。

船宿に勤める雇われ船頭ではないから、伝次郎は自由が利く。だから、個人的な探索も昔の同心のようにできた。もちろん、いまは町方ではなく船頭であるから、強引な調べや深く立ち入ったことは聞けない。

それでも大まかなことを知ることができた。それは、美弥の妹・美紀と夫の小笠原慎之丞は人も羨《うらや》む夫婦だったということであり、美弥から聞いたように結婚前から二人はよい仲だったということだ。

それから二人に心中をしなければならないような理由がないことである。夫の慎之丞は、大番組の番士であった。大きな出世のかなう旗本だから、前途は明るかったはずだ。

事件は婚儀のととのった二日後に起きていたが、二人の突然の死を予期したものは誰もいなかった。

だが、足を棒にして聞き込みをつづけていくうちに、首をかしげることがあった。

「へえ、あっしは本所方の旦那といっしょに屋敷に行ったんですが、小笠原様宅の居間が妙だったんです」

そういったのは、平太《へいた》という亀戸町の岡っ引きだった。どう妙だったのだと聞けば、

「慎之丞という殿様は客座敷に血まみれで倒れていましたが、居間は野良犬が食い散らかしたようになっていたんです」

平太は皿や丼《どんぶり》にあったらしい料理が、犬が漁《あさ》ったようになっていたという。さらにぐい呑みや、空の銚子が何本も転がっていたらしい。

「残っているのは魚の骨と、食いかけの料理でした。煮物の芋には歯形がついたままでしてね。まさかあの夫婦がそんな食い方をしたとは思えないんです。箸も三膳ありました。夫婦だけでしたら二膳のはずですが……」

伝次郎にとって、その話は貴重であった。

その後、柳島町の自身番と近所の商家を訪ねたが、これといった話は聞けなかった。慎之丞宅の隣にある旗本屋敷の奉公人は、

「へえ、まさかお隣でそんなことがあったとは、てまえの殿様も奥様も驚いていたぐらいです」

と、問題の夜のことはなにも知らなかった。

伝次郎はそれらのことを頭のなかで整理しながら猪牙を操った。

目深《まぶか》に被った菅笠の陰から、ときどき河岸道に目を注ぐ。早仕舞《はやじまい》をしたらしい二

人の大工が、肩を並べて家路についていた。着飾った数人の町娘が、黄色い笑い声をあげながら楽しげに歩いている。

伝次郎は法恩寺橋手前の清水河岸に舟をつけると、陸《おか》にあがって美弥の家に向かった。法恩寺橋からまっすぐ西に向かい、三本目の大きな筋を右に曲がり、さらに左に曲がった本所吉田町二丁目のそばに小さな屋敷があるという。

伝次郎はそう聞いていた。死んだ美弥の夫・藤倉虎之助は御《お》賄《まかない》組頭《くみがしら》という台所役人だった。禄はそう多くなかっただろうから、この家ではないかと察しをつけて、木戸門を入り玄関に向かった。

敷地は五十坪もないだろう。そこに二十五坪ほどの小さな家が建っていた。庭は畑に使われていて、葱《ねぎ》や根菜類が植えられている。

伝次郎は玄関の前に立って声をかけた。

すると、かすかな足音とともに、戸が引き開けられた。

「どちらさまでございましょう」

戸を開けたのは幼い女の子だった。

「こちらは藤倉美弥様のお宅では？」

少女に訊ねたとき、伝次郎ははっとなった。少女の両目が白く濁っていたからだ。

少女が瞼をひくひく動かしながら、

「そうでございますが、あなたさまは？」

と聞き返したとき、奥の部屋から美弥が現れた。

「船頭さん……」

「妹さん夫婦のことで少し訊ねたいことがありまして」

美弥は意外そうな顔をして伝次郎を座敷にあげた。風通しのよい部屋で、開け放された縁側に夕日が射し込んでいた。伝次郎が壁や柱をつたい歩く少女に目を注いでいると、

「おこうと申すわたしの娘でございます。どうぞ……」

と、茶を運んできた美弥が、伝次郎の前に座った。伝次郎は茶に口をつけると、その日自分が調べてきたことを大まかに話した。美弥はその間じっと、伝次郎に視線を据えたまま耳を傾けていた。

「引っかかるのは、居間にあった料理が食い散らされていたということです」

「よく、そこまで短い間に……」

美弥は驚いていた。それから手をついて、

「あなたに謝らなければなりません」

といった。

「なにをです？」

「じつは内心、よく知りもしない船頭さんに、あまり人にいえないことを話したことを悔いていたのです」

美弥はそういったあとで、伝次郎が他の船頭とちがい、無闇に話しかけてきたり、立ち入ったことを聞いたりしないから、この人は信用がおけると思い、自分のことを名乗り、伝次郎の名を聞いたのだといった。

「それにあなたは、どことなく頼れそうな、そんな気がしたからです。死んだ夫のことや妹のことを話しても、この人だったらめったなことはいわないだろうと、そう思ったからです。正直なことを申せば、苦しい胸の内を誰かに話したかった。そんな思いもありました。でも、まさかあなたが調べてみるとおっしゃったことには驚きました。かといって、真に受けていたわけではありません。ところが……」

「美弥さん、気にしないでください。わたしはなにか力になれれば、それでいいと思っているだけですから」

伝次郎が静かに茶に口をつけると、美弥は少し首をかしげ、いままでとはちがう人の心を探るような目を向けてきた。

「船頭さん、ひょっとしてあなたは、元は武家だったのでは……」

今度は伝次郎が美弥を見つめ返した。

「調べるといったのはお為《ため》ごかしでも、気休めでもありません。このこと、かまえて他言されては困りますが、わたしは元町方の人間です。なぜ、船頭になったか、詳しいことはいえませんが……。だから、力になれるかもしれないと、そう申しただけです」

伝次郎が武士言葉に変えてそういうと、美弥の目が大きく見開かれた。

「そうだったのですか……。そうとは知らず、わたしは失礼なことを……」

「いえ、そんなことはよいのです。とにかく、妹さん御夫婦の死にはおかしなことがあります。妹さん、あるいはご亭主の慎之丞さんに恨みを持っていたような人間はいなかったでしょうか？ これは大事なことです。もし、美弥さんがわからなければ、それとなく調べることはできませんか」

「妹を恨むような人はいなかったはずです」

「妹さんが慎之丞さんと結ばれることを、嫉妬していたような人もいないと……」

「それは……わかりませんが……」

「でしたら調べてください。慎之丞さんは、大番組でしたね。同じ組内で揉め事を起こしていた、あるいは仲の悪いものがいたとか、考えなければならないことはいろいろあります。もちろん、それはまったく見当違いかもしれませぬが、調べられることを調べないと、妹さん御夫婦の死の謎はわからないままになります」

伝次郎はそういってから自分でも本所方に調べを入れ、もう一度付近の聞き込みをすると話した。

「ありがとう存じます。まさか、こんな頼りになる方と知り合えるとは思いもよらぬことでした。何事もあきらめてはならないのですね」

「あきらめたら、終わりです。あの、娘さんはなぜ……」

伝次郎は縁側で、ひとりで綾取《あやと》りをしているおこうを眺めた。

「突然、あのようになったのではありません」

美弥は声を抑えて、おこうが生まれつき目を患っていたことを話した。

「この世の花や空の色も、きれいな着物の柄も見たことがありません。あの子にとってこの世は暗い闇でしかないのです。それだけに、わたしは必死に面倒を見なければなりません。それなのに夫は先に逝《い》ってしまいました。わたしは我が身の不幸を嘆きましたが、ほんとうはそうではなかったのです。おこうはわたしなどより、ずっとつらいはずです。いまわたしの望みは、あの子を幸せにすることです。そのためにわたしはただひたすら生きるのみです」

「…………」

「もちろん、妹の身に起きた不幸を放っておくつもりはありませんが……」

伝次郎は美弥をまっすぐ見つめてからいった。

「とにかくやれるところまでやってみましょう」

四

川面は夕焼けの空を映している。猪牙を出した伝次郎は、竪川を西に向かっていた。真正面から夕日が射しているが、もうその光は弱かった。空も翳っている。

いるはずだ。

本所方——本所見廻《みまわ》り同心の広瀬小一郎に会おうと思っていた。美弥の妹夫婦の死を最初に調べたのは小一郎だった。伝次郎が知りたいことは、少なからず知っているはずだ。

本所方にこれといった詰所はないが、常に使っている自身番や船宿がある。小一郎が本所松井《まつい》町《ちょう》の自身番を連絡場にしているのは、すでにわかっていることだった。もっともこの時刻なので、引き払っているかもしれない。そうなると、会うのは明日ということになる。

だが、それは杞憂であった。小一郎は松井町の自身番で、揉め事の仲裁にあたっていた。下役の道役も控えており、近所の岡っ引きも表の床几に腰をおろしていた。

「旦那は取り込み中だ。話があるならあとにしな」

岡っ引きはぞんざいなことをいって、伝次郎には取りあおうとしない。

「なら、少し待たせてもらおう」

そういうと、岡っ引きがにらんできた。だが、伝次郎はすっと視線を外し、自分の舟を繋いだ河岸場に行って、岸に腰をおろした。煙草入れを出して、煙管に火をつける。

夕靄が濃くなっていた。空には日の名残があるが、それもすぐに消えるだろう。煙管を吸い終え、何度か自身番を振り返ったが、揉め事の仲裁は長引いているようだ。

伝次郎は遠くを見る目になって、さっき会ったばかりの美弥と娘のおこうのことを思った。おこうは生まれつき目が見えなかったという。その娘のために、美弥は生涯を尽くすような覚悟を口にした。

（気高《けだか》きことだ……）

美弥は夫に死なれたとはいえ、まだ若い。目の不自由な娘がいなければ、もっと明るい将来があったかもしれない。もっと自由な生き方ができたかもしれない。しかし、それを嘆いても詮無《せんな》いことであるし、おこうに失礼である。

美弥は自分には不幸がついてまわるといった。たしかにそうかもしれない。最愛の夫に死なれ、さらに唯一の肉親である妹にも死なれたのだ。美弥の夫は台所役人だった。俸禄は高くなかっただろうから、残した金も少なかったはずだ。しかしながら小さな屋敷に住んでいられるのは、その夫がいたからだろうし、お上《かみ》の慈悲があるのかもしれない。

針仕事だけで暮らしを立てるのは大変なことだ。しかも、目の不自由な娘の面倒を見ているのだから……。なにか力になれないものだろうかと思うが、伝次郎にできることは少ない。いまは妹夫婦の死の真相に迫るだけである。

「沢村……」

ふいの声に伝次郎は振り返った。広瀬小一郎がそばにいた。

伝次郎は立ちあがって、突然の訪問を詫びた。

「何用だ？」

「天神橋で見つかった小笠原美紀殿のことです。その亭主のこともありますが……」

「あれは目付の調べになっている」

「わかっておりますが、広瀬さんが調べたことを教えてもらいたいんです」

小一郎は涼しげな目を細めて伝次郎を見た。

「なぜそんなことを……」

「美紀殿の姉は美弥さんと申します。ちょっとした知り合いで、目付の調べに満足しておりません。心中で片づけられたと、それを嘆いています」

小一郎はふっと、息を吐いて、伝次郎の横に立ち遠くを見た。

「目付の調べに不服をいうことはできぬし、町方も口出しすることはできぬ。それはおぬしもわかっているはずだ」

「小笠原慎之丞の家の居間には料理があり、それが食い散らされていたそうではありませんか。あの夫婦がそんな食べ方をしたとは思えませんが……」

小一郎の顔が伝次郎に向けられた。

「きさま、勝手に調べをしているのか」

「迷惑をかけるつもりはありません。広瀬さんもあの一件には納得いっていないはず。だが、目付に調べを委《ゆだ》ねた以上手は出せない。ですがわたしは一介の船頭です。それに目付は調べを終え、心中だと片づけています」

「沢村、身のほどを知れ」

小一郎がにらんでくる。だが、伝次郎は怯みはしない。

「分はわきまえています。だからといって知っていて知らぬ顔はできませぬ。町方の同心として勤めている広瀬さんなら、なおのことではありませんか。疑いを持っていながら不問にして、忘れ去る。それはうまい生き方かもしれない。だが、人には心がある。情けがある。なにより正義がある」

小一郎は黙したまま、伝次郎を凝視した。それはずいぶん長く感じられた。

伝次郎が町奉行所にいたとき、小一郎とはあまり接点はなかった。奉行所内や組屋敷のある八丁堀《はっちょうぼり》で会うことはあっても、それは挨拶を交わす程度だった。もっとも、小一郎はなぜ伝次郎が町奉行所を辞したか、その経緯を知ってはいるが、義理立てするほどの間柄ではなかった。

「小笠原美紀の姉と知り合いだと申したな。それはただならぬ仲ということであるか」

「まさか、そういうことではありません。わたしはただ力になってやりたいだけです。なぜ、そんなことを思うか話さなければ納得されませんか」

「いや、よい」

小一郎はふっと大きく嘆息した。それから数歩歩いて、川の畔《ほとり》に立ち、伝次郎に背を向けた。すぐ下の川を舟提灯をつけた一艘の猪牙が過ぎていった。

「たしかにあれはおかしい。小笠原慎之丞夫婦に心中する理由は見つからぬ。慎之丞殿、あるいは美紀殿を恨んでいるものも、おれの調べではいなかった。ならばなぜ死ななければならなかったのか？　それを探っているときに、目付の登場だ。しかたないことだ。小笠原殿は幕臣であったし、出世の望みの高い旗本であったから、おれたちは手を引かざるを得ない」

「…………」

「おぬしがいったように、あの屋敷には人の出入りがあったはずだ。それはあの二人が自害する前だ。そうでなければならぬ。親戚のものから聞いた話がある」

伝次郎は小一郎の背中を見つめた。痩《や》せ型のすっきりした姿だ。

「あの家には祝い酒の一斗樽があった。それがなかった。また、あの日に赤飯を持って行ったものもいるが、その重箱がどこにも見あたらなかったそうだ」

「…………」

「そして、あの居間には少なくとも三人の人間がいたと思ってよい。そのうちの二人は慎之丞殿と美紀殿だったかもしれぬが、そうでないかもしれぬ。もうひとつ、あの家のそばに紐《ひも》と荒縄が落ちていた。そして、慎之丞殿の肩と背中に刀傷があった。さらにその腕にきつく縛られた痕《あと》もあった。美紀殿の体にもそれに近い痕が見られた」

伝次郎は目を輝かせた。

「おれの調べでわかっていることはそれだけだ」

小一郎は振り返って伝次郎を見た。

「あれは心中ではない。仮にそうだとしても、心中するにはそれに至るだけのなにかがあったはずだ。おれはこれ以上探れぬが、おぬしが探るのは勝手だ」

「恩に着ます」

伝次郎が頭をさげると、小一郎が言葉を足した。

「沢村、真相をつかんだら、こっそりおれに教えてくれ」

「承知しました」

うむと、うなずいた小一郎は、そのまま歩き去った。

五

本所花町にその店はあった。見つけたのは、なにかと目ざとい文五郎だった。小《こ》体《てい》な料理屋である。活きのいい刺身に、趣向を凝らした小鉢料理がうまかった。刺身は当然ながら、小鉢に盛られた和え物や貝の煮物が、酒の肴によく合っていた。

なかなか繁盛している店で、客は付近に住まう武士やちょっと見のよい商人だった。職人もいるようだが、こちらも親方格らしい。

土間席はなく、客は座敷で酒肴《しゅこう》を楽しんでいた。

藤蔵と八郎太そして文五郎は、軸をかけてある床の間に近い席で、さっきから声をひそめながら話をしていた。

「ふんだくるって……」

八郎太が目をしばしばさせて藤蔵を見る。

「考えてみろ。あの青山って男は仕事のことも詳しく話さず、気前よく五十両もくれたんだ。残りは仕事のあとだといったが、それも五十両だ」

「だから……」

「しめて百両だが、あの男は金持ちだ。そうでなきゃ、こんな話を持ちかけてくるわけがねえ。そうだろう」

「だけど、まだなにをやるかはわかっていないぜ」

「どうせやましい仕事に決まってる」

「まあ、そうであろうな」

文五郎が煙管を吹かして言葉を足す。

「おそらくめったに人には頼めないようなことだろう」

「なんだと思う？」

八郎太は身を乗りだして文五郎を見る。

「さあ、それはわからぬ。盗みか、殺しか……」

「おいおい、冗談じゃねえぜ。そんなことは勘弁だ」

「なにいってやがる。もう金はいただいたんだ。殺しだろうが盗みだろうがやるしかないだろう。だがよ……」

藤蔵は声をひそめて首を突きだし、耳を貸せと、二人の仲間を交互に見る。

「いいか、大事なのはここからだ。おれたちゃ、あの男の頼みを聞いて仕事をする。だが、それですますのはもったいない。どうせ人にいえないようなことをやらせられるはずだ。つまり、それはあの青山彦太郎の弱味をにぎったも同じことだ」

藤蔵は呑み込みの悪い八郎太を見てわかるかと、念を押すように聞く。八郎太は、まあそうだなと曖昧にうなずく。

「藤蔵、おまえは青山からまだ金を搾り取れると、そういいたいんだな」

文五郎がいうのへ、藤蔵はそうだとうなずく。

「三人で百両じゃたいしたことはできねえ。だが、あと百両ありゃどうだ」

「そりゃ二百両もありゃ、店の一軒ぐらいすぐに出せるな」

八郎太は期待顔になっていた。

「今度青山が来たらやつを尾《つ》けて、どこの何者か正体を暴くんだ。百両の端金《はしたがね》でいいように使われて、はいおさらばですますのはもったいねえ。そうは思わねえか」

「百両を端金と来たか……だが、まあそうだな」

八郎太は納得顔になるが、藤蔵は、ほんとうにこいつはわかっているのだろうかと疑心暗鬼になる。だが、かまわずに話をつづけた。

「おれたちゃ青山の仕事を片づけるが、その前にやつのことを調べるんだ。おれがいいたかったのは、そこのとこよ」

「藤蔵、おまえのいうとおりだ。勝負に勝つには、敵のことをよく知っておかねばならぬと、おれの師匠もよくいっていた」

文五郎は豆粒のような目を光らせていた。

「明日あたり青山がやってくるかもしれねえ。こうなったら、やつに会うのが待ち遠しいではないか」

ふふふと、不敵な笑いを漏らした藤蔵は、うまそうに酒を飲んだ。それから三人はこれまで何度も繰り返してきたことを話しあった。金ができたらなにをするかである。まずは商売を考えるが、これがなかなか決まらなかった。

しかし、藤蔵は江戸に出てきてよかったと、心の底から思っていた。国にいたところで、所詮うだつのあがらない半農半士。持っている田畑も高が知れていたし、藩士に取り立てられたところでどうせ軽輩でしかないのだ。

思い切って国を捨てたのはまちがいではなかった。現に思いもよらぬ儲け話が転がり込んできたのである。

店の客はいつの間にか入れ替わっていた。長尻《ながじり》なのは藤蔵たちであるが、懐は暖かいので勘定の心配はいらなかった。それに女中に心付けをわたしてあるので、店の者たちは妙に愛想《あいそ》がいい。

「さあ、そろそろ引きあげるか」

文五郎が腰をあげようとしたとき、ぺちゃ鼻を酒でまっ赤にしている八郎太が、

「あの二人いい気なもんだぜ」

と、藤蔵と文五郎に顎をしゃくった。

藤蔵がそっちを見ると、色気のある年増女とひとりの若い浪人ふうの男が、仲良く差しつ差されつしている。

「さっきからいちゃついていやがって、目障りでしょうがねえんだ」

八郎太は焼き餅を焼いている。藤蔵も女に縁のない男だが、八郎太も同じで、仲のよい男女を見るとおもしろくないのだ。

だが、いま藤蔵はそんなことはどうでもよかった。青山から請けた仕事を片づけ、青山から金を搾り取ることしか頭にない。気になるのはどんな仕事かであるが、それは近いうちにわかるはずだった。見も知らぬ男たちに五十両わたして、そのまま姿を現さない人間はいないはずだ。

「八郎太、人のことなど放っておけ。それよりさらさらっと茶漬けでも食って帰ろうじゃないか」

藤蔵がいうと、文五郎も八郎太もそれがいいといって、茶漬けを注文した。

三人がその茶漬けを食べている間に、さっき八郎太が嫉妬をした男女が店を出ていった。ところが、茶漬けを食べ終えて店を出た三人が、北辻橋《きたつじばし》をわたり竪川沿いの河岸道を歩いていると、さっきの二人の男女が先の道で手を引っ張り合っている。

「なにをしてやがるんだ」

藤蔵は立ち止まって二人を眺めた。

どうやら男のほうが女をちがう店に誘っているようだ。女のほうはそれをいやがっているが、強く抵抗している素振りではない。

女が少し逃げるように早足になると、男が追いかけて腕をつかみ、振り向かせる。月あかりに二人の影があった。男のさげている提灯が、女の白い顔を染めていた。

（……いい女だな）

藤蔵は胸の内でつぶやき、

「いやがる女を、あの男どこに引っ張っていこうとしてるんだ」

といった。

「あの女、年恰好からすると、人の女房じゃねえか」

文五郎がいう。

「だったらとっちめてやろうじゃねえか」
八郎太はもうその気らしく、先に歩きはじめていた。

六

いやがっていた女は、結局しぶしぶと男についていったが、藤蔵の目にはそう映らなかった。端《はな》から男と離れたくなかったのだ。

倫《みち》ならぬ関係なら許せることではない。藤蔵は自分なりの正義感を募らせた。酔ってはいるが、うまい酒だったので、酔い心地は悪くない。それなのにいやなものを見せられ、八郎太と同じように腹が立ってきた。

男は二十二、三だろうか。二本差しのやさ男だ。身なりからすれば旗本の倅のようだった。女のほうも商家の娘ではなく、良家の妻という感じであった。

その二人は寄り添うように歩き、旅所橋をわたって南本所瓦町《かわらちょう》にはいった。数軒の出合い茶屋がある町屋だ。おそらく行くのはそういう店であろう。

案の定だった。ひとつ脇道に入った目立たない軒行灯のある店の前で、二人は立ち止まった。女が躊躇いを見せた。男が女の細腕をつかむ。

「おい、待ちなよ」

八郎太のふいの声に、二人の男女が驚いたように振り返った。そばで見ると、女は少しきつい目をしていた。その目を大きく見はっていた。しかし、男好きのする顔だ。着物の上から肉づきのよい女だとわかる。

「なに用だ」

男のほうが表情を厳しくして、八郎太をにらみ、ついで藤蔵と文五郎に気づき、急に落ち着きをなくした顔になった。

「そちらのご婦人はいやがっているではないか」

八郎太はちゃんとした侍言葉になる。

「なにを申す。貴公らに関係のないことだ」

「おぬしら夫婦であるか」

男は女と顔を見合わせた。女の顔に狼狽の色が浮かんだ。

「そうではないが……」

「だったらなんだ。ちょいと話を聞かせてもらおうじゃねえか」

急に崩れた言葉つきで遮った八郎太は、向こうへ行けと顎をしゃくる。

「貴公らに話などない」

「おれたちにはある」

藤蔵が一歩踏み出していった。その魁偉さに男女はたじろいだ。

「二、三訊ねたいことがあるだけだ。こんなところで騒ぎを起こせば、困るのはそのほうらではないか。話はすぐすむ」

文五郎が穏やかな口調でいうと、男女はしかたないという顔つきになった。

「なにかよくわからぬが、妙な真似をすればただではおかぬ」

男は威勢のいいことをいったが、その表情はかたかった。そっちだと八郎太がうながすと、男女はこわごわといった素振りで歩きはじめた。

「わたしを強請《ゆす》るつもりか」

町屋が切れたところで男のほうが藤蔵らを振り返った。

「言葉が悪いな。強請りだなどと……」

藤蔵は指先で耳をほじり、酒臭い息を夜風に流した。

町屋が切れると、百姓地につながる野路《のじ》であった。周囲には楢や櫟《くぬぎ》の雑木林が鬱蒼《うっそう》と茂っている。その先は畑地であった。人の姿はない。遠くから犬の吠え声が聞こえてきた。

「そこでいい。おまえら夫婦ではないな。互いに浮気をしていると見た」

八郎太がいたぶるような笑みを浮かべて二人に迫る。

「なにを申すか。そんな関係ではない」

男は提灯を掲げて、八郎太をにらんだ。もう一方の手は刀の柄に行っている。女は男のうしろに隠れるようにして立っていた。

「では、どういう間柄だ」

「どんな間柄だろうと、貴公らに話す理由はない。いったい話とはなんだ？」

「気に入らないんだよ。いちゃいちゃしてやがるのがよ」

「なにを……」

男の顔が夜目にも青ざめたと思ったら、うしろの女を突き飛ばすようにして、

「佐枝《さえ》殿さがっていろ」

というなり、片手で刀を抜き払った。もう一方の手に持っていた提灯は足許に落とした。

「いけません金四郎《きんしろう》さん、おやめになって」

佐枝という女が悲鳴じみた声をあげたとき、金四郎と呼ばれた男は八郎太に斬りかかっていた。

「野郎ッ」

一撃をかわした八郎太は、素早く腰の刀を引き抜いて青眼に構えた。

藤蔵は文五郎と離れて見物することにした。腹が据わっているのは八郎太のほうだ。金四郎には余裕がない。

二人はじりじりと間合いを詰めた。さっと、地を蹴って金四郎が上段から撃ちかかっていった。八郎太は横にかわしながら、金四郎の刀を打ちたたき、いったん引いた刀で突きを見舞った。

「はっ……」

金四郎は慌てて後ろにさがったが、つまずいてそのまま尻餅をついた。

「そこまでだな」

と、藤蔵が割って入ろうとしたときだった。無防備な状態の金四郎の肩を、八郎太がざっくり斬ったのだ。

「ああッ……」

金四郎は肩を押さえて地を転げた。

「馬鹿、ほんとに斬るやつがあるか」

文五郎が怒鳴ったとき、佐枝が恐怖におののいた顔で逃げだした。ここで逃げられては困るので、藤蔵が追いかけた。

「待て、待つんだ」

藤蔵は佐枝の袖をつかんで振り向かせた。

「獣《けだもの》ッ。さわるでない」

佐枝は気丈にもそんなことを呼ばわった。その科白《せりふ》は藤蔵の癇《かん》にさわった。

「いまなんといいやがった」

藤蔵の双眸が冷たく光った。

「獣ッ、畜生！　放せッ、小汚い芋侍めッ！」

藤蔵はそこまで、あからさまにひどい言葉を投げつけられたことはなかった。頭に血が上ったのは一瞬だった。気がついたときは、鞘走らせた刀で、女の首を断ち斬っていた。

ビュッと闇のなかに血潮が飛び散り、女の体がゆっくり視界から消えて、大地に倒れた。斬り捨てたあとで、藤蔵はまずいことになったと思ったが、もうあとの祭りだった。

振り返ると、文五郎が呆気《あっけ》に取られた顔をしていた。金四郎はうずくまったまま恐怖におののいていた。

「ひッ、ひ、人殺し。佐枝殿、佐枝殿……」

金四郎は尻餅をついたまま、斬られた肩を押さえながら、かかとで地面を蹴ってさがっていた。

「斬れ」

藤蔵は八郎太に命じた。それを聞いた金四郎は這うように背を向けた。その背中に、八郎太が一太刀浴びせた。

「うわァ……」

金四郎は一瞬のけぞると、片手で虚空《こくう》をつかみ、ばたりと俯《うつぶ》せになった。

「おまえたち、なんてことを……」

金四郎と佐枝の死体を見た文五郎は、途中で言葉をなくした。

藤蔵も自分たちの失態に気づいていたが、こうなったからには開きなおるしかない。

「くそ、しようがねえ。八郎太、てめえが余計なことをするから、こんな面倒なことになるんだ」

「うるせえ、先に斬りかかってきたのはそいつだ」

八郎太はいい返して、足許に横たわっている金四郎を見た。もう息をしていないのはわかっていた。

「どうする？　このままだとまずいぞ」

文五郎が藤蔵と八郎太を交互に見た。

「逃げるか。逃げよう」

八郎太はようやく自分のやったことに気づいた顔になっていた。

「逃げるのはよくない。ここに死体があるんだ。さっきの店で、おれたちとこの二人は店のものに見られている。真っ先に疑われるのはおれたちだ」

「じゃあどうする？」

藤蔵はよく考えられなかった。文五郎は落ち着きなく、その辺を往き来した。そしてくるっと振り返ると、埋めるんだといった。

「埋めるしかねえ。人にわからないように埋めるんだ」

藤蔵はまわりの林を見た。たしかにここに埋めれば、見つかりそうにない。

「よし、そうしよう。なにか掘るもんを探すんだ。おれは向こうを見てくる。おまえたちはそっちへ行って来い」

藤蔵は先のほうに見える百姓家のほうに歩いていった。鍬《くわ》か鋤《すき》がなければ棒でもよかった。藤蔵は一軒の百姓家の納屋《なや》に行ったが、暗すぎてなにも見つけることができなかった。しかたなく、壁に掛かっていた鎌《かま》を手にして引き返した。

金四郎と佐枝の死体を引きずって、適当な場所に移すと、文五郎と八郎太がどこで見つけてきたのか、鍬を持って戻って来た。

「おかげですっかり酔いが醒めちまったぜ。八郎太、おまえのせいだ」

文五郎に咎められた八郎太はなにもいわなかった。

「いいから、掘るんだ」

藤蔵は文五郎の鍬を奪い取って地面を掘りはじめた。木々の間から漏れ射す月のあかりが頼りだ。三人は交替で穴掘りに専念した。

「まったく余計な仕事を……」

藤蔵はぶつぶつ愚痴りながらも穴を掘りつづけた。

七

「それじゃ、おこう。行ってまいりますからね。ご飯は居間に置いてあるからわかるわね」

美弥はそういって風呂敷を小脇に抱えた。

縁側にいたおこうがゆっくり振り返り、行ってらっしゃいませと、声をかけてくる。

「遅くはなりませんから」

言葉を足した美弥は、黙ってうなずくおこうを見てから家を出た。すっかり陽気がよくなり、すがすがしい風が吹いていた。

美弥は武家地を縫うように歩きながら、東両国《ひがしりょうごく》の中島屋に向かった。中島屋は大きな呉服屋だった。本所に住まう大名や旗本を得意客としていて、質素倹約の風潮などどこ吹く風とばかりに繁盛していた。

武家地の静かな佇《たたず》まいを眺めながら歩く美弥であるが、いつもおこうのことが頭から離れない。ようやく留守を頼めるようになったが、それまでは片時もそばを離れることができなかった。

目が不自由だというのは、なかなか人に説明できないし、またそんな娘を抱えている苦労は他人にはわからないことだった。だから美弥は努めて明るく振る舞うようにしている。

しかし、今日は少し気が重かった。妹・美紀の嫁いだ小笠原家に、立ち寄らなければならないからだ。美紀と慎之丞の葬儀が終わったとき、慎之丞の母・絹《きぬ》は、

「まったく死ぬために嫁をもらったようなものです」

ため息をつきながらそんなことをいった。その言葉は、いまも美弥の胸に突き刺さったままだ。あんな嫌みをいわれるとは思いもしなかったし、まるで美紀が慎之丞を殺したといわんばかりの顔をされたのだ。

しかし、美紀と慎之丞の死の真相を知るためには、たしかめなければならないことがある。心中ですまされるような事件ではないはずだ。この件に関しては、小笠

原家も納得していないことだった。

それにしても伝次郎という船頭と知り合ったのはよかった。まさか、元町奉行所の人間だったとは思いもよらなかったが、きっとあの人は役に立ってくれると信じている。

武家屋敷の塀から大きな欅《けやき》が空にのびていた。垣根の向こうにのぞく紫陽花《あじさい》が風に吹かれて、葉裏を波打たせていた。

各屋敷から表に姿を現す武士の姿がある。裃を着ている人もいれば、羽織に袴という人もいる。その身なりにあわせたように供の人数もちがう。

美弥の夫は御賄組頭という台所役人だったが、供は三人と少なかった。

「気が楽でよい。家来が多ければそれだけ気苦労も多くなるというものだ」

元気なころ夫の虎之助はよくそんなことをいっていた。美弥にはそれが出世のかなわぬ御家人の強がりだと思っていたが、いまになって思えば本心だったのだと疑わない。美紀の嫁いだ小笠原家を見れば、そのことがよくわかった。

家柄や身分にとらわれ、家中のしきたりも厳しくてうるさい。主は殿様と呼ばれて敬われはするが、傍目で見ていても気が休まらないだろうと思う。

そんな家に嫁いだ美紀のことを気の毒に思ったりもしたが、まさか身投げをして命を断つとはまさに青天《せいてん》の霹靂《へきれき》だった。

「これは美弥殿ではございませんか」

声をかけられたのは、津軽出羽守《つがるでわのかみ》上屋敷を過ぎたところだった。振り返ると朝日をまぶしそうに手で遮っている、山本勝兵衛《やまもとかつべえ》という男が立っていた。慎之丞と同じ大番組の番士だった。美紀と慎之丞を引き合わせたのもこの山本だった。

「これはよいところでお会いしました。山本様にお目にかかりたいと思っていたのです」

「ほう、それはまたどうしたことでございましょう。ひょっとすると、先《せん》だっての件では……」

山本は美弥に追いつくと、肩を並べて歩いた。

「あれはおかしなことです。目付は心中などと簡単に片づけたようですが、きっとなにかがあったはずです」

頭の回転の速い山本は、美弥の心を先読みしたようなことを口にする。

「山本様もそう思われますか」

「思わないほうがおかしい。しかし、心中以外にこれだと決めつけるものがないと申しますからな」

「つかぬことをお訊ねしますが、慎之丞さんのお役目はうまくいっていたのでしょうか？」

山本が顔を向けて、

「なぜそのようなことを？」

と、問い返してきた。

「お父上のご威光もありましょうが、慎之丞さんは若くして出世をされておられました。ひょっとするとやっかみなどもあったのではないかと……失礼ないい方ですけれど、いまになって気になりまして……」

「お気持ちはお察しいたします。しかし、慎之丞殿は若いゆえに、周囲によく気を配っておられました。むろん、ひそかにやっかんだり妬《ねた》んだりするものはいたかもしれませんが、慎之丞殿はなかなかの好人物でございました」

慎之丞が仕事のうえで問題を起こしたこともなければ、また他人からそしられるようなこともなかったと山本は断言した。

「しかしながらわたしもすべてを知っているわけではありません。美弥殿のお気持ちはお察ししますゆえ、少しそのあたりのことを探ってみましょう」

山本は心強いことをいってくれた。

「お願いいたします」

回向院《えこういん》前で山本と別れた美弥は、その足で中島屋に向かった。

伝次郎は聞き込みをつづけていた。

主に天神橋のそばであったが、昼過ぎから少し範囲を広げて柳島村や深川元町代地、そして亀戸村にも足をのばした。この聞き込みには、川政の船頭・仁三郎の助があった。先だって塙一家と揉め事を起こしたことを気にしているのだ。

伝次郎が昨夜、家に帰ってしばらくすると、仁三郎がいつになく殊勝な顔で酒の入った樽をさげて訪ねてきた。

「伝次郎、この前はすまなかった。まさかあんな大袈裟なことになるとは思わなかったんだ。これはおれからの詫びの印だ。受け取ってくれ」

仁三郎は照れくさそうにいって、酒樽を差しだすと、もう一度すまなかったと謝った。

「あれはおれも悪かったのだ」

伝次郎はそういいおいてから「だが、これは遠慮なくもらっておこう」と、酒樽を受け取った。そうしなければ仁三郎に恥をかかせることになる。普段さげない頭をさげにやってきたのだ。早速、酒樽の蓋を割って二人で飲みはじめた。

仁三郎は勝手に川政のことや身内の話をしたが、どこか浮かない顔で聞いている伝次郎に気づき、

「なんだかおかしいじゃねえか。困ったことでもあるのか?」

と聞いてきた。

そこで伝次郎は、ここだけの話だと断って、美弥のことと小笠原慎之丞夫婦の心中事件をかいつまんで話した。こんなことを口にするのは、仁三郎の人柄を買ってのことである。普段は向こう気の強い船頭だが、そのじつ義理堅く信用のおける男だとわかっているからだった。それに分け隔てなく人と接し、相手の歓心を買ったり、同情を寄せたりもする。それだけ聞き上手だということなのだが、意外に口も固い。

事件のことは仁三郎もある程度聞きかじっていたが、伝次郎の話を聞いて驚いた。

「そりゃ、ただの心中じゃねえな」

「おまえもそう思うだろう。だから、ちょいと力になってやろうと思ってな。だが、おれひとりじゃなかなか手がまわらない。このこと、内緒でちょいと動いてくれれば助かるんだが……」

伝次郎が遠慮がちにいうと、仁三郎はぽんと自分の膝をたたいて快諾した。

「そんなことならまかしてくれ。なに、誰にもいいやしねえさ。おめえのためならなんでもするよ。それで、どうすりゃいい」

そういうわけで、あっさり協力者ができたのだった。しかし、仁三郎には川政の仕事があるので、暇を見ながら聞き込みをしてくれればいいといってあった。

夕七つ（午後四時）の鐘を聞き、日が大分傾いたころ伝次郎はひととおりの聞き込みをすませて、天神橋そばに繋いだ自分の舟に戻った。

仁三郎が河岸道を脱兎《だっと》のごとく駆けてきたのは、伝次郎が舫をほどき、棹をつかんだときだ。仁三郎は「伝次郎、伝次郎」と呼びながらそばにやってくると、肩で荒い息をしながら話した。

「妙なことを聞いたんだ。この川で女が引きあげられた前の晩のことだが、裸の女を見たというやつがいるんだ」

「裸……」

「それがどうも、小笠原慎之丞の女房だったんじゃないかとそういうんだよ」

「だれがそういった？」

「おれの舟で待たせてる。おめえからじかに聞いたほうがいいだろう」

伝次郎は再び河岸道にあがって仁三郎のあとを追った。

第五章　亀戸町

一

仁三郎のいう女は、手ぬぐいを姉さん被りにして籠を背負った四十過ぎの大年増だった。

「裸の女を見たというのはどういうことだ？」

伝次郎は女の前に立った。

「どういうことって……見たから見たんだよ。長崎橋の実家におはぎを作って持って行った帰りでね。四つ（午後十時）は過ぎていたし、夜道だったから見まちがえたんじゃないかな、ひょっとすると狐《きつね》にばかされたんじゃないかって思ったんだけどね。素っ裸の女が、逃げるように道から消えたんだ。そばには男もいたよ」

女は早口だった。しゃべるたびに欠けた前歯が見えた。

「男も……。それでどこへ消えたんだ？」

「それがよくわからなかったんだけどね。ほら、祝言を挙げたばかりの旗本が心中したってことがあったじゃないか。あとで考えるとどうもその旗本の夫婦だったような気がするんだよ。こっちの船頭さんにも話したんだけどね。相手は旗本だからめったなことはいえないし、ちがっていたらこっぴどい目にあっちまうかもしれないじゃないか」

「その二人はどこの道にいた？」

「だから、その旗本の屋敷の前の道だよ」

伝次郎は黄昏れはじめている空をあおぎ見てから女に顔を戻した。

「なにか他に気づいたことはないか？　たとえば、縄か紐を持っていたとか、その二人の他に人がいたとか……」

女は少し考える目つきになった。夕日がしみとしわの多いその顔を照らしている。

伝次郎は広瀬小一郎から聞いたことを思いだしていた。

――あの家のそばに紐と荒縄が落ちていた。そして、慎之丞殿の肩と背中に刀傷があった。さらにその腕にきつく縛られた痕もあった。美紀殿の体にもそれに近い痕が見られた。

小一郎はそういったのだ。

「さあ、どうだったかしらね。あたしは提灯も持っていなかったし、闇のなかで白い体が逃げるように駆けて行ったのを見ただけだからね」

しばらくして女はそういって首をかしげた。

「しかし、その男と女は小笠原家の屋敷に駆け込んだのだな」

「多分あそこの屋敷だったはずだよ。でもさ、このことは町方にも岡っ引きにも黙っていたんだけどね。変な揉め事はごめんだからさ。でもなんだい、あれを調べてるのかい。あんたたち船頭だろう……」

女は伝次郎と仁三郎を訝しげに見た。

「別に調べているわけではない。知りたいことがあるだけだ。足止めして悪かった」

伝次郎は心付けを女にわたした。

「あれ、こんなことをすまないね」

女は相好《そうごう》を崩すと、ひょいと籠を背負いなおして歩き去った。

「なにか役に立ったかい？」

女を見送った仁三郎が、伝次郎に顔を向けた。

「うむ、気になることだ」

つぶやくようにいった伝次郎は、遠くに視線を投げた。小笠原慎之丞の屋敷に行ってみようか。

「どうした。おれはそろそろ戻らなきゃならねえが……」

仁三郎の声で、伝次郎は顔を戻した。

「すまないな、面倒なことを頼んで」

「気にすることねえさ。明日も暇見て聞いてみるよ。それじゃ、おれは行くぜ」

仁三郎は身軽に、自分の舟に乗り込んでいった。

それを見送った伝次郎はしばらく横十間川沿いの道を辿ったが、急に思いなおしたように左の細道にそれた。そのまま小笠原慎之丞と美紀が住んでいた屋敷に足を向ける。

慎之丞と美紀の屋敷は、深川元町代地の武家地にあるが、南側は柳島村の百姓地だ。隣家との境に鬱蒼とした竹林がある。屋敷前には二間半ほどの道が横川のほうへまっすぐのびていた。

さっきの女は長崎橋からの帰りだといったから、伝次郎が立っている反対側から来たことになる。そのとき、屋敷前の道に裸の女と男がいて、屋敷に駆け込んだという。

伝次郎は慎之丞の屋敷前を通った。隣家も眺める。こちらも門の造りから旗本屋敷だとわかる。女は夜道を西から来た。距離がどのくらいだったのかわからないが、女が見た二人はやはり慎之丞と美紀と考えていいだろう。

しかし、なぜ美紀は裸だったのか、それがわからない。伝次郎は来た道を振り返って、慎之丞夫婦が住んでいた屋敷前に立った。あたりを見て、屋敷に目を注ぎ、門に近づいた。ためしに両開きの門を押してみると、ぎいっと軋《きし》んで開く。

伝次郎はさっと屋敷内に入った。人気はない。誰もいないようだ。玄関まで行き、戸に手をかけた。あっさり開く。

雨戸を閉め切ってあるので、家のなかは暗いが、隙間から入る夕日の条《すじ》があるので屋内の様子はわかる。伝次郎は雪駄を脱いで座敷にあがった。

がらんとしている。台所に食器などはあるが、行李《こうり》もなければ衣服もない。茶簞《ちゃだん》笥《す》の置かれた居間に入った。ここもきれいに片づけられている。

しかし、この居間で料理が食い散らされていたという。祝い酒の入った一斗樽もなくなっているというし、赤飯を詰めた重箱も消えていたという。

伝次郎は屋内に視線を這わせながら考えた。

客があったのか……。その客が料理と酒を飲んだ。慎之丞と美紀が同席していたかどうかは不明だ。そして、二人は体を縛られた。そのとき美紀は裸にされたというのか……。

薄闇のなかで伝次郎の双眸が光る。

(紐……そして、荒縄……)

心中でつぶやいて、その二つを探してみた。家のなかにはなかった。

(すると表か……)

伝次郎は玄関を出て家のまわりを歩いてみた。だが、なにも見つけることはできなかった。事件直後に来ていれば、なんらかの発見があったはずだがと、軽く舌打ちする。

表道に出てもう一度、屋敷を振り返った。日が翳り、茅葺《かやぶ》き屋根を暗くしている。竹藪《たけやぶ》がサラサラと音を立てて風に揺れていた。

伝次郎はさっきの女のことを考えた。あの女が男と裸の女を見たのであれば、屋敷を訪ねてきた客を見たものもいるはずだ。

客……。はっとなった。そうだ、あの夜、慎之丞夫婦を訪ねた客がいるはずだ。まずはこれを調べなければならない。伝次郎は急ぎ足になって舟に戻った。

二

美弥の家についたときには、すっかり日が落ちていた。

玄関の障子にあわいあかりがある。訪いの声をかけると、美弥の返事があり、すぐに戸が開けられた。

「なにかございましたか？」

美弥はそういったあとで、伝次郎を招じ入れた。

「船頭さん?」

座敷にあがると、おこうが顔を振り向けてきた。

「そうだよ。変わりないようだね」

伝次郎が応じると、おこうはこくんと可愛くうなずき、

「ゆっくりしていってくださいな」

といって、口許に小さな笑みを浮かべた。

「おこう、そっちの部屋にいてちょうだい。わたしは船頭さんと大事なお話がありますから」

茶を持ってきた美弥にいわれたおこうは、おとなしく隣の居間に移って襖を閉めた。

「今日、慎之丞さんのお宅へ伺ってまいりましたが、とくにあの方に問題があったようなことはありませんでした」

美弥はすぐ本題に入った。

「揉め事もなければ、慎之丞さんに恨みを持っている人もいないようでした。それから偶然、慎之丞さんと同じ大番組の方にお会いしたのですけれど、その方も慎之

丞さんに問題があったようなことはいわれませんでした」

「妹さんのことはどうです」

「あの子のことはわたしがよく知っておりますが、念のために美紀のお友達にも話を聞いてまいりました。やはり人に恨まれるようなことはなかったと、みなさんおっしゃいます」

「さようですか……」

伝次郎は武士言葉になって、茶に口をつけた。「あの」と、美弥が見てくる。

「なんでしょう？」

「伝次郎さんとお呼びするのは失礼ではないでしょうか」

「かまいません。どうぞ気になさらずに、それに姓で呼ばれると、まわりのものたちが戸惑います」

「では、遠慮なく呼ばせていただきますが、伝次郎さんのほうはいかがです」

伝次郎はその日調べたことと、裸の女を見た女の話をした。隣の間におこうがいるので、聞かれないように声を抑えてしゃべった。

「なぜ、裸になった人が……」

美弥は驚きに目をみはっていた。もちろん声は抑えている。

「わけはわかりません。それから広瀬という本所方の話ですが、美紀さんと慎之丞さんの体には縄か紐で縛られた痕があったといいます」

「縛られた痕……広瀬さんはそんなことはなにもおっしゃいませんでしたが……」

美弥は広瀬の調べに立ち会っているはずだが、その件は聞いていなかったようだ。

「それに慎之丞さんの体には刀傷があったといいます。肩と背中だったらしいですが……」

「刀傷が……」

「広瀬さんは調べの途中だったので、いわなかったのでしょう。しかし、二人が死ぬ前の晩に、客があったはずです」

「なぜそうだと？」

妹夫婦の死を知った美弥は、当然冷静でなかったはずだ。気づかなければならないことを見落としていても不思議はない。

「前にもお話ししたように、あの屋敷の居間に料理を食い散らしたあとが見られています。広瀬さんも亀戸の岡っ引きも不審に思っています。まさか美紀さんと慎之丞さんの二人が、犬のように食事をしたとは考えにくい。それから酒の入った樽と、赤飯の入った重箱もあったといいますが、それもなくなっている。つまり、あの晩に客があったのは間違いないはずです。それは親戚や知人だったかもしれないし、そうでなかったかもしれない」

「というと……」

「客は招かれざる人間だった。そして、その人間は酒と赤飯を持ち帰っている。そう考えていいはずです。ひょっとすると金も持ち去られているかもしれない」

美弥はさっと顔をあげて、伝次郎を見た。

「財布です。妹が大事にしていた財布があるのですが、それはどこにも見あたりませんでした。甲州印傳《こうしゅういんでん》の三つ折り財布です」

「慎之丞さんのほうはどうでしょう……」

「それはわたしにはわかりません」

「美弥さん、少しずつですがなにかがわかりはじめている、そんな気がします」

「わたしもそう思います。これでいかに目付の調べがいい加減であったかが、よくわかりました。伝次郎さん、無理なお願いとはわかっていますが、もう少しわたしに力を貸してくださいますか」

「むろん、ここであきらめるつもりなどありません。それより美紀さんが亡くなった晩に客があったはずです。それが誰だったのか調べることはできますか？」

「おそらくわかると思います」

「では、お願いします」

伝次郎はそのまま帰るつもりだったが、いっしょに夕飯を食べていかないかと、美弥が普段の声に戻して誘う。

「いえ、せっかくですがわたしはこれで……」

「たいしたものはありませんが、遠慮なさらずに」

そんなやり取りが聞こえてしまったのか、隣の部屋からおこうが現れた。

「船頭さん、食べていってください」

「いや、しかし……」

「わたし、船頭さんのお話を聞きたいもの。帰らないで」

目の見えないおこうはすがるような顔つきで、もう少しいてくださいと重ねていう。その言葉に伝次郎は心を動かされた。

「では厚かましいかもしれませんが……」

伝次郎はあげかけた腰をおろした。

美弥が食事を調《ととの》える間、伝次郎はおこうと話をした。おこうは思いのほか人なつこい子であった。それに躾《しつけ》がよく、幼いながらも節度のある話し方をする。さらに目が見えないせいか、あらゆることに興味を示しているとわかった。同い年の子供たちよりおそらく三、四歳は、成熟の度合いが早いと思われた。

「わたしも船頭さんの舟に乗ってみたい。わたしにも乗れるのかしら」

舟の話に興味を持ったおこうはそんなことをいう。

「もちろん乗れるさ。では、おじさんが今度乗せてやろう」

「ほんと、嬉しいわ。船頭さん約束よ、きっとよ。きっと乗せてね」

「うむ、約束だ」

おこうは美弥に似て面立ちが整っている。これで目が見えれば、申し分のない女性に成長するだろうが……。

話は二転三転した。

「おこうは父上のことを覚えているかい？」

「もちろん覚えているわ。でも……」

ふっと、それまで明るい顔をしていたおこうの表情が崩れたと思ったら、目の縁に大きな涙が盛りあがった。これは琴線に触れることを聞いてしまったと、伝次郎は思ったが遅かった。

「もう帰ってこないの。会いたくても、会えないのよ。それに、美紀叔母《おば》さまにも会えなくなったのよ。わたしお父さんのことも叔母さまのことも大好きだったのに……」

おこうはそういってシクシク泣きだした。困った伝次郎が救いを求めるように台所を見ると、美弥も流しに両手をついたまま背中をふるわせていた。

「すまなかった。変なことを聞いて。おこう、もう泣かないでくれないか。おじさんは困ってしまうじゃないか」

伝次郎は「うん」と、うなずくおこうの涙を、手ぬぐいでやさしくふいてやった。

「……船頭さん、お父さんの匂いがする」

「は……」

「お父さんが帰ってきたみたい」

「そうか……。おこう、大きくなったらなんになりたい」

返答に窮した伝次郎はそんなことを聞いた。おこうは見えない目を彷徨わせて、

「幸せになりたい。目が見えなくてもなれますね」

と、けなげなことをいう。

「なれる、なれるとも……」

単純なことであったが伝次郎は不覚にも目頭が熱くなり、ふいにおこうを抱きしめてやりたくなった。幼いから当然のことであろうが、おこうの純真さに胸を打たれた。

（幸せになりたいか……）

そうであろうと思う。そんなことをいうおこうは、目の見えない不幸をきちんと受け止めているのだ。だが、この子はそれに負けない強い心を持っているような気がする。

夕餉の膳が調えられた。質素である。冷や奴、筍と芋の煮しめ、香の物、みそ汁。

「お酒をつけたいのですが、あいにくございませんのでお許しください。今度は用意しておきますから」

美弥はそんなことをいう。

「そんなことはどうぞおかまいなく。美弥さんの手料理に感激をしているのです」

「そういっていただけると気が楽になります。ところで、奥様は……」

「……おりません。妻も子もいなくなりました」

「まあ、どうして？」

美弥は長い睫毛を動かして、口をまるくした。

「話せば長くなります。別れたわけではありませんが……」

伝次郎が目を伏せて飯を食べると、美弥はそれとなく察したらしく、

「いけないことをお訊ねしたみたいですね。ごめんなさい」

と、箸を止めて謝った。

「いえ……。それより、お仕事がお忙しいのではありませんか？」

伝次郎は話題を変えた。奥の間には反物《たんもの》や縫いかけの着物が置かれていた。仕立て間近の着物も掛けられている。

「さいわい、わたしに仕事をまわしてくださる呉服屋がありますので助かっております。それがなければ、どうなることかわかりませんが……。神様もすっかりわた

しを見放したのではないと思っております」

美弥は自嘲《じちょう》の笑みを浮かべて言葉を継いだ。

「でも、女手ひとつですから、いずれはなにか商売をはじめたいと思っています。この子は誰かがそばにいなければ生きていけません。それは他人ではつとまらないことです。ですから、わたしはこの子のために生きると決めているのです」

美弥はおこうを見ていう。

「わたしもお母さんのために生きるのよ」

おこうが口の端についた飯粒を、指先でつまんで応じ、か弱い笑みを浮かべる。

「そうね、二人で生きるのよね」

「うん」

力強くうなずいたおこうは、伝次郎に顔を向けて、

「船頭さん、おいしい？」

と聞く。

「うまい。とても満足だよ」

三

その夜、水野主馬の帰宅は遅かった。同じ役方の同輩に誘われ、柳橋で一献差し向けあってきたからだ。かわす話はどれもこれもつまらないものばかりで、あまりいい酒だとは思わなかった。そのためにさして酔ってはいなかった。

玄関で迎えてくれた女中に妻のことを訊ねると、まだ帰っていないという。

「沙汰もないか」

「ありません」

女中は目を伏せていう。

「二人の子の面倒もあるというのに、あやつはいったい……」

腹立ちまぎれに自分の部屋に行き、着物を脱ぎ捨て、ぞんざいに乱れ箱に入れた。

(こうなったら離縁してくれる。とんだ悪妻だったわい)

胸の内で毒づき、普段着に着替えて居間に行くと、中間の源七が土間に現れた。

「殿様、西森邦太郎という方がお見えです」

「西森が……ふむ、通せ。わたしの書斎がよい」

主馬はそう応じて、先に書斎に入り、燭台にあかりをつけた。

勘定組頭の西森邦太郎が慌てているのはわかっていた。しかし、こうも早くやってくるとは予想外だった。燭台のあかりで出来た自分の影を見つめていると、襖の向こうで声があった。

「入れ」

主馬の声で、風呂敷包みを持った西森が畏まって入ってきた。

「待っていたのか？　わたしもいま帰ったばかりなのだ」

「それはよいときにまいりました。早速ではございますが、先だっての件でございます」

「うむ。それでいかがした」

主馬は額の後退した西森を眺めた。

「まずはこれを……」

西森は風呂敷をほどいた。現れたのは有名な菓子店の菓子折だった。それがすうっと、畳を滑って主馬の膝許に押しやられた。

「なにぶんにも水野様にはご配慮いただきたく存じます。そうしていただけませんと、普請のほうが滞《とどこお》ってしまい、他の役方に多大なる迷惑をおかけすることになります」

「迷惑がかかるのはおぬしのほうではないのか……」

主馬は皮肉な笑みを浮かべて、額に脂汗をにじませている西森を見た。

「はは。水野様にかかっては……いや、なんとも……」

「そう苦しい顔をするな。いずれおぬしも老中の引き立てを受け、吟味役になれるやもしれぬ男。どんと腹を据えておればよかろう」

「ありがたきお言葉、いたみいります」

「まあ、わかった。気をつけて帰るがよい」

「おわかりいただけましたでしょうか」

西森は両手をつき、主馬を上目遣いに窺うように見る。

「同じことを二度もいわせるな。大儀であった」

西森が帰っていくと、主馬は受け取った菓子箱を引きよせた。箱はずしりと重かった。蓋を開けると京菓子が並んでいる。そして、その下には山吹《やまぶき》色をした小判が敷き詰めてあった。ざっと見積もったところ、二百両はありそうだ。

（あやつ、存外なことを……）

ふふと、低い笑いを漏らした主馬は、金は大方木挽町の商人たちから工面《くめん》してきたのだろうと西森の手の内を読んだ。だが、それは意に介することではなかった。

金の入った菓子折を押し入れにしまうと、表の闇を見た。まだ宵《よい》五つ（午後八時）前である。それにさほど酔ってもいない。

唐紙《からかみ》に映る自分の影を見ているうちに、りつの顔が脳裏に浮かんだ。亭主の佐々木仙助とはいったいどんな男なのだと思いもする。りつの話からすれば、決してできた夫とはいえない。また、若いころはあまり褒められた男ではなかったともいう。

とにかく一度顔を見ておかなければならないし、あの三人の浪人にもそろそろ会う必要があった。まさか五十両を持ったまま雲隠れなどしないとは思うが、そこは少しばかり不安に思うことだった。

出かけてくるといって、屋敷を出たのはそれからすぐのことだ。提灯をさげ、自分の影を踏むように南割下水沿いの道を拾って歩く。またもや妻の江里に対する苛《いら》立《だ》ちが募ってきた。同時にりつに対する恋慕が深くなる。

あんな悪妻などとは、すぐに縁を切ってやると腹の内で吐き捨てる。考えれば考えるほど忌々《いまいま》しくなり、もう顔さえ見たくないと思う。

「まったくあきれた妻だ」

思わず愚痴が口をついて出た。

気がついたときは、すでにりつの家の近くだった。垣根越しに屋敷を見ると、雨戸の隙間からあかりがこぼれている。

夫婦仲良くやっているのだろうか……。ぼんやりとそんなことを考えて、通りすぎる。長崎橋のたもとまで行くと、また引き返した。りつと亭主・佐々木仙助の住まう組屋敷地はどこも静かである。

下手に訪ねるわけにはいかぬからなと、胸の内でぼやきながら歩を進めると、りつの家の玄関ががらりと開いた。主馬は足を止めて、垣根の隙間からのぞき見た。

するとりつが夫を追うように出てきた。なにやら短く言葉を交わしたが、よく聞き取れなかった。それでもりつの困り果てた様子は窺えたし、亭主の仙助が不機嫌そうにしているのもわかった。

地面を蹴るように仙助が玄関を離れたので、主馬は提灯の火を急いで消して暗がりに身を寄せた。すぐに仙助が表道に現れ、長崎橋のほうへ歩き去った。遅れて表道に出てきたりつが仙助を見送って、深いため息をつき、玄関に引き返そうとしたので、

「りつ……りつ……」

と、主馬は呼びかけた。りつが驚いたように振り返った。

「わたしだ」

近づくと、月明かりを受けたりつの顔が泣きそうになった。

「お殿様」

「いかがしたのだ？」

「夫が体にさわるほどお酒を召しあがるので、やめてくださいというのも聞かずに、また出て行ったのです。しつこくいえば、ものを投げられますから……」

「それはまたけしからぬことを。怪我はないのか？」

主馬はいたわるようにりつを眺める。

「怪我はありませんが、毎日のことでございますから気の休まる間がありません」

「それはつらいことであるな」

りつは小さなため息をついて、ふいと顔をあげた。瞳が濡れたように光っていた。白いうなじが夜目にも美しかった。主馬はそっと手をのばしたい衝動に駆られたが、すんでのところで抑えた。

「でもお殿様、なぜここに……」

「近所に用があってな。帰るところだったのだ」

「よろしければ寄っていただきたいのですけれど、そうもゆきません」

主馬はできることならだれにも邪魔されない場所に誘いたいが、今夜はそうもいかない。ただ、自分の気持ちだけは伝えておこうと思った。

「りつ、わたしはいまでもそなたのことを思っている。ひと刻たりと忘れてはおらぬ。そなたもそうであればよいと思っているのだが、惜しむらくは人の妻だ」

「……お殿様……わたしも、忘れてはおりません」

「まことか」

主馬はかっと目をみはってりつを見つめた。りつは小さくうなずく。主馬の心はそれではっきりと決した。だが、今度は心の内を悟られないために、

「また会えるときがあろう。そのときは食事でもしようではないか。少なからずそ

なたの相談相手にはなれるはずだ」

といった。

「嬉しゅうございます」

「それでご亭主はどこへ行ったのだ？」

「いつも行く居酒屋があります。達磨屋《だるまや》という小さな店です」

「……さようか。では、りつ。また会おう」

主馬は後ろ髪を引かれながらりつと別れた。しばらく背中に視線を感じていたが、南割下水に架かる小橋をわたると、反対側の道をあと戻りした。もうりつの姿はなかった。

（達磨屋といったな）

主馬は歩きながら胸の内でつぶやき、仙助のいる店をめざした。さっき仙助の顔をはっきり見たわけではないが、姿なりからそれとわかるはずだった。

四

仙助のいる達磨屋は、長崎橋にほど近いところにある小さな縄暖簾だった。格子《こうし》窓越しに見える土間席に数組の客があった。うらぶれた浪人が二人、近所の職人ふうの男が三人、そして壁際に仙助がいた。

主馬はじっと仙助の横顔を見た。痩せて顎のしゃくれた男だ。どう見てもりつには不釣り合いな男である。市中の普請場をまわっている作事方の小役人だから色が黒い。日焼けだけでなく酒のせいもあるかもしれない。

仙助はなにやら壁の一点を見つめて、酒を舐めるように飲んでいた。思案げな顔である。主馬はもっと人相の悪い男ではないかと思っていたが、そうではなかった。よくよく見ると、醜男《ぶおとこ》というほどでもないし人のよさそうな顔立ちだ。だからといって好感は持てない。なによりもりつを苦しめるふしだらな亭主だ。

(この男がいなければ……)

主馬は仙助の顔を頭に刻み込むと、そっとその場を離れた。長崎橋をわたり、南割下水沿いの道を東へ歩く。

掘割の水面にぼんやり映る月が揺れていた。

夜風が川岸の柳の葉をそよがせている。

主馬は自分がこれからやろうとしていることに少なからず懊悩《おうのう》していた。善と悪の心が、いまごろになって交錯しているのだ。しかし、あとに引こうとは思わない。すでに五十両を払っている。それをどぶに捨てるようなことはしたくない。

夫と子供を放って、実家に帰ったまま戻ってこない愚妻にも未練はない。

(あれとは離縁だ)

主馬は胸の内でつぶやく。

心にはりつをふしだらな男から救いたいという思いがある。いやいや、そうではない。りつを自分のものにしたいのだ。だれにもあの女をわたしたくない。仙助などという御家人は所詮、公儀の役に立つような男ではない。代わりはいくらでもいる。そんな男がこの世から消えてもだれも損はしないはずだ。

りつを我がものにできれば、りつの親にも得がある。りつの父親は宮川与一郎という小普請組の御家人である。小普請組といっても、これといった役職のない男で、内職を余儀なくされている。

主馬はその父親の面倒を見てやろうと思う。手をまわせば、それぐらいのことはできる。無役のままでは暮らしがきつい。役をつけてやろう。

（そうなのだ。りつがわたしのところへ来れば、りつの親も楽になるのだ）

主馬はもうその気になっていた。

そのためにはやはり、あの三人の浪人を使うしかない。その資金もうまく調達できているではないか。

（なにをいまさら、怖じけることはない）

主馬は自分の奸計《かんけい》を胸の内で鼓舞した。

暗い野路に入り、大名屋敷の脇を通って柳島町の通りに出た。ここは片側町であるし、もう江戸の外れといっていい場所なので、夜商いの店も少ない。遠くにぽつんと小料理屋らしい店のあかりがあるだけだった。

天神橋をわたり、まっすぐ浪人らのねぐらに足を向けた。道場破りをした浪人たちに出会えたのは、運命だったのかもしれない。そうでなければ今回の計画は考えなかっただろう。

（なんとも人生とは不思議なものだ）

あれこれ考えているうちに、かつて方丈だったと思われる破れ家が見えてきた。暗い闇に抱かれている傾いた建物には、自分の手足となって動く魔物たちが住んでいるのだ。

戸口の前で声をかけた。

「待っていたんだ。入ってくれ」

すぐに返事があった。

主馬は戸を引き開けて土間に入った。男たちは酒を飲んでいるところだった。

藤蔵という見るからに恐ろしげな大男が、体ごと顔を振り向けてきた。

「いつまでたっても来ないから、もうあの話はなくなったのかと心配していたのだ。まあ、こんなところだがあがってくれ」

主馬は落ち着いた所作《しょさ》で、男たちの前に座った。

「今夜はどんなことをやるか教えてもらえるんでしょうな」

村瀬八郎太という男が聞いてきた。酒のせいかぺちゃ鼻がまっ赤だ。

「そのためにまいったのだ」

主馬は威厳を保つように胸を張った。

「ところで青山さんは、どのような方なんでしょう」

豆粒のように目の小さい稲津文五郎だった。

「それは教えられぬこと。ひと働きしてくれたら、わたしも貴公らのことは忘れる。それがお互いのためである」

「まあ、そんなことはどうでもいいさ。おれたちは金をいただけばいいだけのこと。それでなにをどうすればいいのだ」

藤蔵が二人の仲間をたしなめて主馬を凝視した。

主馬はひと呼吸間をおいて、燭台のあかりを受けている三人を眺めた。三人三様であるが無精ひげを生やし、月代ものびている。

「作事方にある男がいる。これは佐々木仙助という御家人で行状の悪い男だ。わたしに関わっているものが大いに迷惑をしている。陰であくどいことを繰り返し、世間のためにも迷惑千万な不届きものだ。そやつに天誅《てんちゅう》を与えてもらいたい」

「天誅……」

藤蔵だった。

「つまり、斬れと……」

文五郎だった。八郎太は二人の仲間と顔を見合わせた。

「できぬと申すなら、先にわたした金は潔くあきらめるが、残りの五十両はわたせぬ。話はこれで終わりだ。いかがいたす……」

「人殺しか……。そんなこともあろうかと思ってはいたが……」

藤蔵が顎の無精ひげを片手でなぞりながらいう。

「できぬと申すなら、わたしはこのまま去《い》ぬるだけだ」

「待て待て、そう慌てるなよ青山さん。それにしても人殺しとは物騒なことだ」

「…………」

「それをたった百両でやらせるとは、虫がよすぎるんじゃありませんか。下手すりゃこっちの身だって危ないだろうし、うまくやったとしても町方に捕まってしまえば打ち首だ。まあ、そのときはあんたも同じことになるのだろうが……」

主馬は藤蔵の言葉にぎくりとしたが、顔には出さないように努めた。また、こういうことをいってくるだろうと予想もしていた。

「おれたちゃ三人だ。三人で百両は安すぎではないか」

主馬はやはりそう来たかと思った。浅ましい浪人の考えることだ。

「ひとり五十両払ってくれないか。つまり、あと百両というわけだ」

藤蔵はそういうと、二人の仲間を見てにんまり笑った。

「よかろう」

主馬が快諾したので、三人は一斉に顔を向けてきた。

「ことを終えたら、百両払うと約束しよう」

「いや、それはどうもうまくないなあ」

しぶることをいうのは文五郎だった。主馬は目を向けた。

「おれたちがその佐々木とかいう男に天誅を下したとしても、青山さんとその後会うことができなければ、おれたちは五十両で仕事を請け負ったことになる」

「おう、そりゃそうだ」

藤蔵が和する声をあげてつづける。

「青山さんとはどうやって連絡をつければいい？　そこのところは大事ではないか。先におれたちが残りの百両をもらって、行方《ゆくえ》をくらませば青山さんが困る。それと同じだ」

「それはいかにも道理。相わかった。こうなったからにはそのほうらを信用し、腹を割って話そう。わたしは青山と名乗ったが、それは様子伺いの偽り名であった。ほんとうの名は、水野主馬と申す」

主馬は腹をくくるしかなかったし、他にいい知恵も浮かんでこなかった。それに人を殺したものたちが、自ら町奉行所に訴え出るはずもない。

「住まいは南割下水を西に行った御竹蔵のそばである。これよりわたしは帰宅するゆえ、疑うようであればついてまいればよい」

藤蔵らは驚いたように互いの顔を見合わせた。

「よし、いいだろう。それじゃあとで供をしようではないか。それで、その佐々木はどうやって見つければよい」

「いま、それを話す」

主馬は藤蔵に応じてから、佐々木仙助の容姿と特徴、屋敷の場所、よく通う居酒屋の話をしたあとで、

「これより帰るが、達磨屋という居酒屋と佐々木の屋敷の前を通って行こう」

と、付け加えた。

五

明け方、地面を湿らす雨がはらりと降ったが、それは束《つか》の間《ま》のことで、日が昇ると同時に雲が払われていった。

町屋に鶯の声が甲高くひびき、石垣の間に咲く蒲公英が日の光にほころんでいた。

伝次郎はいつものように船着場に行くと、舟底に溜まった淦《あか》をすくいだし、束ねた荒縄で舟縁を洗った。放っておけば、舟縁にはいつの間にか汚れがつき、底のほうには青くぬめる海苔垢《のりあか》が付着する。

「舟はおれたちの商売道具だが、宝だと思って大事にしなきゃならねえ。汚ねえまま乗るんじゃねえ。侍が刀を手入れするのと同じだ」

伝次郎に船頭のいろはを教えてくれた嘉兵衛の口癖だった。その教えを伝次郎は守っているし、汚い舟に客は乗せられない。

作業がすむと、ゆっくり舟を出した。川政の船頭たちも船着場で自分たちの舟の手入れにかかっていた。捩《ねじ》り鉢巻きに半纏に股引という姿が、朝日にまぶしかった。

「早いじゃねえか伝次郎さん」

佐吉が声をかけてきた。

「ああ、商売熱心で感心するだろう」

伝次郎が冗談まじりの言葉を返すと、

「ああ、まったくだ。おれも負けちゃいられねえな。精を出して今日も川舟稼業だ」

と、佐吉が白い歯を見せて笑った。

伝次郎は正面からの光を受けて棹をさばく。急いではいないので、惰性で舟を流すように滑らせ、止まりそうになる直前で、また棹を立てる。あげた棹先から、つーっと、したたるしずくが、日の光にきらりと光る。

小名木川から横十間川に入ると、そのまま天神橋までまっすぐだ。川の両側はほとんどが河岸場になっている。とくに町屋はそうである。しかし、石垣が崩れたり、間に合わせの補強をしてある箇所も目につく。町屋から離れた百姓地に行くと、中洲ができているところもある。

川浚いや川普請は行われるが、それは不定期であり、いつ補修工事がはじまるかもわからない。すべては役人の仕切りだった。もっとも猪牙のような小舟は、たいがいの川なら航行に問題はなかった。それでも、船頭たちは川の様子を把握しておかなければならない。

伝次郎は昨日に引きつづき聞き込みをする予定であった。

美弥に頼んでいることもある。慎之丞と美紀が自害した晩に来た客がわかれば、二人の死の真相はもっと具体的にわかってくるはずだった。

伝次郎は天神橋の手前、南割下水の終点近くで、舟を降りた。慎之丞と美紀の屋敷から近いところに、虱潰《しらみつぶ》しに聞き込みをかけることにしていた。ただし、武家屋敷は外すしかない。それはしかたのないことだった。

道で行き合った百姓に声をかけ、行商人を見かければ、追いかけていって事件のあった夜のことを訊ねた。不審なものを見たというものには、なかなか行き合わない。それでも根気よくつづけるしかない。

町奉行所の同心だったときも、ずいぶん無駄と思われる聞き込みをしたものだ。だが、あきらめずに粘っていると、思いがけない話を聞けることがある。それが重要な手掛かりになることは、一度や二度ではなかった。

天神橋で身投げした美紀と、屋敷で自害をした慎之丞の事件は、近くのものたちはみな知っていることだった。だれもがなぜ別々に死んだのだと疑問を口にする。それは伝次郎も美弥も疑問に思っていることだった。考えられるのは、美紀は夫の死を見届けてあとを追うつもりだったが、そうすることができなかった。思い悩んだ末に、川に飛び込んだのだと推量するしかない。

「だけど、殿様のほうが先じゃなくて、奥さんのほうが先ってこともあるんじゃないのかねえ」

と、いうものもいた。たしかにそう考えることもできたし、どっちが先だったかはいまとなってはわかることではなかった。

だが、いま大事なのはなぜ死ななければならなかったのか、その原因を追究することであり、あの晩慎之丞の屋敷にいたものたちを突き止めることだった。

そのものたちは、酒樽と赤飯の入った重箱を持ち去っているはずだ。さらに、美紀が大事にしていた印傳の財布もある。

聞き込みの成果はなかった。歩き疲れた伝次郎は、柳島町にある茶店で一休みした。空から声を降らす鳶があった。目の前は下総高岡藩《しもうさたかおか》の下屋敷だ。鉄鋲《てつびょう》を打った門はしっかり閉じられている。

行き交う人の数も、このあたりまで来るとずいぶん少ない。伝次郎がそんな人の流れをぼんやり眺めていると、

「お客さんこの辺の人じゃないね」

と、店のおかみが声をかけてきた。汚れた前垂れを揉むようにして、晴れた空を眺め、ここしばらく天気がよくていいねと、のんびりしたことをいう。

「ちょいと訊ねるが、そこの川であがった女のことは知ってるな」

「ああ、御武家の若奥さまだったたっていうじゃないのさ。それも祝言を挙げたばかりだと。その旦那さんも死んだんだってねえ。よっぽど苦しいことでもあったのかねえ」

おかみは暇なのか、そばの床几に腰をおろした。客は伝次郎だけだった。

「その女が死んだ晩のことだが、妙な人間を見たものはいないだろうか」

「それがいるんだよ」

おかみは目を大きくしていう。伝次郎は、はっと表情をかためた。

「だれだい？」

「うちの亭主だよ。いまごろになってそんなことというんだからね。町方の旦那が来たときゃなにもいわなかったくせにね。まったく抜けてるんだから。そうはいってもめったなことはいえないよね。相手は侍だったらしいから」

「侍、どんな侍だったのだ？」

「なんだい、おっかない顔をしないでおくれよ。聞きたきゃ、うちの亭主を呼んであげるよ。あんた、あんたちょいと来ておくれな」

おかみがだみ声をあげると、奥の土間から亭主がやってきた。なんだと、不機嫌そうな顔をして、おかみから伝次郎に目を向けた。

「ほら、そこで御武家の若奥様があがったことがあっただろ。あの前の晩にあんた、変な侍を見たといったわね。それをこちらのお客さんが聞きたいらしいんだよ」

「あのことか……。ええ、見ましたよ。三人連れでしたがね。あっしの家はこの店の裏にあるんですが、寝る前にしょんべんしに厠に行ったとき、なんだか楽しそうに酔って歩く侍がいたんです。下品な笑いをして天神橋をわたって行きましたよ」

「この辺の侍だったか？」

「あんまり見ない顔ですが、近ごろときどき見かけますね。ひとりはずいぶん大きな人で、見るからにおっかない顔をしていてね。大方よそから流れてきた浪人でしょう。いつも三人連れですがね」

「その浪人が、あの若奥様を川に突き飛ばしたんじゃないかというんだよ」

おかみがそういうと、亭主が慌てた。

「おいおい、そりゃ冗談だ。真に受けるんじゃねえよ」

「だって、あんたそんなことをいったじゃないのさ」

「ただ見たっていうんじゃ、つまらねえからそういっただけだ。まさか、おめえい触らしたりしてねえだろうな」

「いっちゃいないよ」

「ちょいと待ってくれ、寝る前に見たといったが、何刻ごろだった？」

伝次郎は夫婦のやり取りを遮った。

「……そうだね。夜四つ（午後十時）は過ぎていたかな。そんなころだったよ」

伝次郎は裸の女を見たという女の話を思いだした。あの女も四つは過ぎていたといった。まさかと、伝次郎は胸の内でつぶやいた。

「他になにか知っていることはないか？　その晩のことだが……」

「お客さん、そんなことを聞いてどうするんだね。妙なことに首突っ込まないほうが身のためだよ」

「それはわかっている」

伝次郎はなおもしつこく、その晩のことを聞いたが、亭主は他のことにはなにも気づいていない様子だった。

だが、三人の浪人のことは、伝次郎の頭から離れなかった。

一度舟を見に戻ると、乗せてくれという客がいた。本所尾上町《おのえちょう》に行くので、一ツ目之橋でおろしてくれればいいという。

伝次郎は聞き込みを中断して商売に戻った。客を降ろしたらそのまま高橋に戻り、昼飯を食おうと思った。客は隠居老人で、倅に商売をまかせて、亀戸天神のそばに移り住んでいると勝手に自分の身の上を話した。その倅に譲った店が本所尾上町にあるのだった。

伝次郎はためしに、例の晩のことを訊ねてみた。老人は事件のことは知っていたが、他のことはなにも知らなかった。また、三人組の浪人も知らないといった。

「伝次郎」

声をかけられたのは、隠居老人を一ツ目之橋でおろし、芝翫河岸の船着場に戻ってきたときだった。雁木の上を見あげると、酒井彦九郎が小者の万蔵《まんぞう》を連れて立っていた。

六

酒井彦九郎は伝次郎の元上役同心であった。津久間戒蔵捕縛のために、伝次郎と大目付・松浦伊勢守の屋敷に乗り込んでもいた。町奉行所の同心といえど、武家の屋敷にはめったに立ち入ることができない。しかも相手が公儀大目付となれば、ただごとですむはずがなかった。

賊の捕縛が目的だったとしてもそれは同じで、責任を取らなければならなかった。その責任をひとりでかぶり、町奉行所を去ったのが伝次郎だった。それゆえに、彦九郎は伝次郎に負い目を感じていた。

「本町四丁目の料理屋に火をつけたやつがいてな。さいわい小火《ぼや》ですんだんだが、それが雇われていた女中の仕業だとわかったんだ。その女がこっちに逃げていると知って追ってきたんだが、また行方をくらましやがった」

ずるずるっと、彦九郎は音を立ててそばをすすりあげた。

高橋の北詰にあるそば屋で、昼飯を食っているのだった。

「女のことがわかっていれば、さほど手間はかからないのではありませんか」

伝次郎もそばをすする。小者の万蔵も隣の席でそばを食べていた。

「江戸を離れられちゃ困るから、中川の番所で客を改めている。まあ、二、三日うちには捕まえてみせるさ」

彦九郎は手の甲で口をぬぐった。ずんぐりした体にまあるい顔をした男だった。一見穏やかそうに見えるが、これがなかなか手厳しい取り調べをするのだった。同心としての鋭い観察眼には、伝次郎も敬服していた。

「まあ、こんなことはあまり頼みたくはないが、人相書きを預かっておいてくれないか」

彦九郎はそういって懐から出した人相書きを伝次郎にわたした。似面絵《にづらえ》はないが、女の年齢や体の特徴が仔細《しさい》に書かれていた。

「気をつけておきましょう」

「それから伝えることがひとつある。おい万蔵、そば湯をもらってくれ」

彦九郎は万蔵に指図して、伝次郎に顔を向けなおした。

「津久間戒蔵のことだ」

伝次郎はそばを平らげて、そば猪口を丸盆に置いた。

「川崎《かわさき》で似たような男を見たという話はしたと思うが、品川《しながわ》でもやつに似た男を見たというものがいるんだ。ひょっとすると、あの野郎江戸に戻って来ているのかもしれねえ」

「品川ですか……」

「そうだ。火付けをした女をとっ捕まえたら、品川に行って探してみるつもりだ。おぬしも行くというなら、いっしょしてもいい」

「むろん、行きましょう。似てる男がいるなら放っておけることではありません」

伝次郎は彦九郎と話すときは侍言葉になる。

「それじゃ二、三日待ってくれ。品川に手先を配って話を拾い集めているから、今日明日にもたしかなことがわかるかもしれねえ」

「津久間を討ち取れるのであれば、いつでもどこへでも行きます。力を貸してください」

「おいおい、それはおめえが頼むことじゃねえだろう。頭をさげなきゃならねえのはこっちだ。水臭いことはいわねえでくれ」

「なにかわかりましたらすぐに連絡をもらえますか。わたしもしばらく手の離せないことがありますが、そうとわかればすぐに飛んでゆきます」

「うむ、わかったら真っ先に使いを走らせよう。女将、勘定だ」

そばの代金を払って彦九郎は、そのまま火付けをした女の探索に出かけていった。

伝次郎は舟に戻ると、また天神橋に向かった。

（あやつが品川に……）

伝次郎は小名木川の遠くを凝視して、津久間戒蔵の顔を思い浮かべた。江戸に来ているなら、ひょっとすると自分を探すかもしれない。そう思うのは追われるものの心理がわかっているからだった。肥前唐津《ひぜんからつ》藩士だった津久間は伝次郎だけでなく、藩目付の追跡も受けている。

逃げることに必死になっているだろうが、逆に追ってくるものを先に返り討ちにしようと目論《もくろ》んでいるかもしれない。津久間とはそういう男だった。だが、伝次郎はむしろそのことを望んでいた。それゆえに、舟のなかに刀を忍ばせていたのだが、いまはそれができなくなっている。

（しばらく刀を持ち歩こうか……）

伝次郎は舟を操りながらそう思うが、津久間は自分が町奉行所をやめ、船頭になったことは知らないはずだ。それでも調べて接近してこないともかぎらない。

天神橋のたもとに舟をつけた伝次郎は、亀戸天神周辺の聞き込みをすることにした。亀戸天神の門前町として栄えている亀戸町である。

亀戸とはその昔、この地が「亀ノ島」と呼ばれる海の島だったかららしい。

町は亀戸天神の一月の鷽替神事《うそかえしんじ》に大きなにぎわいを見せるが、八月の例大祭では御輿《みこし》が繰りだされ、提灯を持った行列や威勢のいい職人らと、市中から集まってくる見物人で周辺の道は、芋を洗うように人であふれかえる。

くず餅で有名な船橋屋の前を過ぎ、先の町屋へ向かう伝次郎には、午前中聞いた三人の浪人のことが頭にあった。慎之丞夫婦とは関係ないかもしれないが、引っかかりを覚えずにはいられない。

聞き込みをつづけるうちに、町のものたちは慎之丞夫婦の事件を「天神橋の心中」と呼ぶようになっていた。なんでも名前をつけるのが江戸っ子である。だが、ほんとうに心中であったかどうかは定かではない。

第三者の手が加えられている可能性もあるのだ。しかし、新たにわかったことはなかった。ただ、日が暮れかかったころ、ふらりと訪ねた自身番で気になる話を聞いた。

「あの旗本の奥さんが川からあがった前の晩でしたよ」

そういうのは四十がらみの店番だった。ひとりの侍が抜き身の刀をさげ、裸足で駆けて行ったというのだ。

「それはどっちからどっちへ駆けて行った？」

伝次郎は上《あ》がり框《かまち》に腰をおろした。

「この番屋の前を駆け抜け、天神橋をたいそう慌てた様子でわたって行きましたから、村のほうからやってきたんでしょう。なに、船頭さんはひょっとすると町方の手先仕事でもやってんですかい」

店番は興味ありげな目を向けてくる。

「そうではねえが、客があれこれいうからたしかなことを知りたいと思ってな」

伝次郎の顔は本所深川の自身番には知れていない。店番は真に受けたようだ。

「そりゃ、あっしだって知りたいでさ。なんでもあの夫婦は祝言を挙げたばかりだっていいますからね」

「その裸足で走っていた侍の顔は見たかい?」

「いや、後ろ姿ですよ。あっしがちょいと表に出たときに、さーっと風のように走っていきやしたからね」

「それは誰かに追われていたとか……追っているやつがいたとか……」

「いや、そんなことはなかったな。追ってくるものもいなかったようだし。でも、なんで刀さげて逃げるように走ってたんだろう? 喧嘩でもしてたのか、どっかに討ち入りにでも行ったのか……だけど、そんな騒ぎはなかったしな」

店番は独り言のようにいって、このことは本所方の旦那にも、目付の旦那にも話してあるといった。

「それで町方と目付は、なんといっていた?」

「本所方の旦那はなにもいわなかったけど、目付の旦那は陽気がよくなったので、そういうやつもいるだろうって……」

「その侍が駆けて行ったのは、何刻ごろだった？」

「やけに気にするねえ。そうねえ何刻ごろだったかな」

店番は視線を彷徨わせてから答えた。

「九つ（午前零時）にはまだなってなかったな。多分、九つ前ぐらいだったと思いますよ」

「九つごろか……」

伝次郎はつぶやいてから、自身番の表道に目を向け、すぐに顔を戻した。

「近所で聞いたんだが、近ごろ三人連れの浪人がいるらしいな。知ってるかい？」

「三人連れもいりゃ二人連れもいるし、五人連れだっていまさあ。どういうわけかほうぼうの国から江戸に流れてくる浪人が多いですからね」

「三人連れのひとりは、やけにでかい男だというんだがな……」

「ああ、あの浪人ですか。だったら、何度か見てますよ。ずいぶんおっかない面相《めんそう》でねえ。人に食いつきそうな顔してんです」

「この辺に住んでるんだろうか……」

「それはどうかわかりませんが、たまに見かけますねえ」

七

伝次郎の前に、とんと長皿が置かれた。串刺しの鮎《あゆ》がのっていた。軽く油で揚げてあり、砂糖と味醂《みりん》であえた味噌《みそ》が塗ってあった。

「鮎か……」

伝次郎は料理を運んできたお幸《さち》を見あげた。

「よくわかりましたね。今日女将さんが仕入れてきたんです。初鰹《はつがつお》は高くて手が出ないけど、鮎だったらそうでもないって……」

「おれもこっちのほうが好みだ」

伝次郎は鮎の身に箸を入れた。白い身に味噌を少しつけて食べる。淡泊な鮎の身に味噌がよく合う。酒の肴にはもってこいの一品だった。

その日の仕事と聞き込みを切りあげて「めし　ちぐさ」にやってきたのは、暮れ六つ（午後六時）の鐘の音が空をわたっていったあとだった。

「どう、伝次郎さん、おいしい？」

お幸が怪訝《けげん》そうな顔で聞いてくる。愛らしい鼻がぷいっと上を向いている十七歳の女中だった。屈託のない明るさを買って雇ったと千草はいっている。

「絶品だ。ここの料理はなんでもうまい」

「よかった。女将さん、伝次郎さんが気に入ってくれました。とってもおいしいって」

お幸が板場に声をかけると、千草が嬉しそうな笑みを返してきた。

「おい、お幸。おれにもそれをくれ。なんだか食わなきゃ損するみてえじゃねえか」

そばにいた職人の客が注文の声をあげた。

窓の外は暮れかかっている。ようようと日が翳り、空はもう鈍色《にびいろ》だ。だが、西の空にきれいな夕焼けが見られたので、明日も天気はよさそうだ。

伝次郎は一合の酒をゆっくり飲みながら、慎之丞夫婦の事件を考えた。不可解なことはあるが、真相に近づいている感触はあった。気になるのが三人の浪人と、抜き身の刀を持って駆け去った侍のことだ。

三人の浪人たちは夜四つごろ、天神橋をわたり亀戸町のほうへ去っている。また、男と裸の女——それは、おそらく慎之丞と美紀と考えていいかもしれない——が目撃されたのは、夜四つごろである。

そして、亀戸の自身番の店番は、抜き身の刀を持った男を九つごろ見ている。その男は亀戸町から天神橋を駆けわたり、柳島町のほうへ行っている。

その男がもし、慎之丞であったならば、どういうことだろうか……。

伝次郎はゆっくり酒を飲みながら思案をめぐらせる。

「もう一本つけますか？」

考え事をしていると、いつの間にか千草がそばにやってきて酌をしてくれた。

「そうだな、もう一本もらおうか」

「お幸、伝次郎さんにお酒もう一本お願い」

伝次郎は煙管に火をつけて吹かした。

「なあに伝次郎さん、やけに物思いに耽《ふけ》ってるではありませんか」

千草が顔を向けてくる。

「いろいろ考えていることがあるんだ」

「ひょっとして先日見えた女の方のことでは……」

「馬鹿をいえ」

小さく叱咤《しった》すると、千草はひょいと首をすくめた。

「でも、きれいな人でしたわよ。年もわたしよりうんと若いし」

「おい千草、なにをいいたいんだ」

「別に……気になっただけです。機嫌の悪い顔をしないでくださいよ。伝次郎さんらしくないわ」

「らしくないのは千草のほうだ」

「あら、そうかしら。さ、どうぞ」

お幸が持ってきた銚子を受け取った千草が酌をしてくれる。

「どことなく品があって、それでいて男好きのする婀娜《あだ》っぽさがあって……」

「…………」

伝次郎は千草をにらむように見た。

「ああいう方が好みなのね」

千草はそういって拗《す》ねたような顔を向ける。

「馬鹿馬鹿しい」

伝次郎は一気に酒を飲みほした。

そこへ新たな客がやってきたので、千草はそっちの応対に追われた。

ひとりになった伝次郎は、いつものように明るく振る舞う千草を眺めていたが、またさっきのことを考え、それから美弥の顔を思い浮かべた。

美弥はすでに頼んだことを調べているかもしれない。事件の夜に慎之丞夫婦を訪ねた客のことがわかれば、真相はもっとはっきりするはずだ。

伝次郎は酒を控えて飯にした。飯を食いながら、酒井彦九郎から聞いたことを考えた。津久間戒蔵がほんとうに品川にいるなら即座に出かけたい。津久間に対する恨みは、常に伝次郎の腹のなかで火桶《ひおけ》の埋《うず》み火《び》のように燃えているのだった。

舟に戻ったのはそれから間もなくのことだった。小名木川に明るい月が映り、町屋のあかりが帯を引いている。料理屋の窓から三味線の音《ね》や、楽しげな笑い声が流れてきた。

伝次郎はゆっくり舟を進めた。宵五つ（午後八時）の鐘を聞いたのは、横川から竪川に差しかかったときだった。鳴らされたのは本所入江町の時の鐘である。

伝次郎の猪牙舟はその鐘突き堂を横目に見て、まっすぐ進む。右側には大名屋敷や旗本屋敷が並んでいる。左側は商家である。昼商いの店は閉じられているが、居酒屋や料理屋のあかりが目につく。

舟は長崎橋をくぐり抜けた。伝次郎は法恩寺橋の手前につけるつもりだ。河岸場につけられた舟が、ゆっくり体をぶつけ合って、コトコトと音を立てていた。

その上の河岸道に目を向けたとき、伝次郎ははっとなり動かしていた棹を止めた。そこは本所清水町の河岸道であった。三人の男が歩いていたのだ。そして、ひとりは巨漢である。浪人風情《ふぜい》だ。

伝次郎は三人を追うように舟を進めた。気づかれないように舟提灯を消そうかと思ったが、三人の注意はこっちにはなかった。ひとりの男を尾けているようなのだ。その男は二本差しの武士である。少し酔っているようだ。

三人はつかず離れずの距離を保ち、酔っているらしい武士を尾行しつづける。その様子を観察するように見ている伝次郎は双眸を厳しくしていた。

やがて、先を歩いていた武士が横道にそれた。三人の浪人たちもその道に入っていった。伝次郎は舟を川岸につけると、櫓をつかんで河岸道にあがった。

第六章　雲雀《ひばり》

一

佐々木仙助を尾ける藤蔵は、一気に片をつけるつもりだった。相手は酔っている。そして、こっちは三人だ。たとえ佐々木が手練《てだ》れだとしても、酒に酔っていれば普段どおりの戦いはできない。藤蔵はひとりでやれると気負っていた。

それにしてもずいぶんと、待ちつづけた。佐々木が達磨屋という居酒屋に入ってから、藤蔵たちは飲み食いもせずに表の暗がりで待ちつづけていたのだった。

河岸道から脇の道にそれた佐々木は、まっすぐ西に向かって歩いた。藤蔵はどこへ行くのだと考える。そのまま行けば、本所新町だ。元は賄方の拝領地だったらしいので、気の利いた店があるという。

佐々木はそんな店を知っているのかもしれない。だが、その前に片をつけようと、藤蔵は前を行く佐々木から目を離さない。

文五郎と八郎太がそばにいるが、押し黙ったままだ。もちろん、こんなときに無駄話などできるものではない。どうやって殺《や》るか、一応その算段はつけているが、いざとなったら藤蔵ひとりで斬り捨てるつもりだった。

妙見社《みょうけんしゃ》を過ぎて武家地になった。町屋のあかりが途切れたので暗くなったが、まだ人の姿が見られる。藤蔵は刀の柄に手をやり、親指を使って鯉口《こいぐち》を切った。文五郎と八郎太を振り返り、ぬかりはないなと目でいって、うなずく。

なにも気づいていない佐々木は、まっすぐ歩きつづける。やはり本所新町の飲み屋に行くのだろう。呑兵衛《のんべえ》はハシゴが好きだ。その気持ちは藤蔵にもわかる。

まっすぐのびる道には、月あかりを受けた枝振りのよい松の枝の影ができている。武家地の庭には松や楢、あるいは欅などが植えられている。

藤蔵は「行け」と、八郎太に顎をしゃくった。心得たという顔で八郎太が足を速め、佐々木との距離を詰めた。藤蔵はまわりに目を配った。人気はなかった。

「佐々木さんでは……」

段取りどおりに八郎太が声をかけると、佐々木が振り返って立ち止まった。

「はて、どなたでござったか……」

「おれですよ。お忘れですか？」

応じた八郎太がちらりと藤蔵を見た。

「どこでお会いしましたか。さてはどこぞの店で……」

そういった佐々木の目が藤蔵と文五郎に向けられ、また八郎太に戻った。警戒する素振りはない。

「知り合いか？」

藤蔵が近づいていった。鯉口を切った手許は、袖で見えないように隠していた。

「何度か会っているんだが、佐々木さんはお忘れのようだ」

「酒の席で会っていたとしたら、どうかご勘弁を。なにしろ毎晩のように酩酊《めいてい》しておりますからな」

ハハハと、佐々木は誤魔化すように笑い、

「このご近所の方でしたら、またお会いできるでしょう。では、わたしはこれにて」

と、立ち去ろうとする。

「佐々木さん、待ってください。ちょいと相談があるんです。話を聞いてもらえませんか」

八郎太が引き止めていう。

「話ですか。だったらこの先の店にごいっしょしませんか。ひとりで飲む酒はつまりませんからな。貴公らもどうぞ遠慮なく」

佐々木は藤蔵と文五郎をも誘う。人を疑《うたぐ》らない男のようだ。藤蔵はここで一気に片をつけようかと思ったが、八郎太が脇道へ佐々木をいざなった。暗がりである。

「ちょっとお待ちを。話ならここでもできるではないか」

佐々木がいやがって警戒するような目つきになった。片手に持った提灯が、佐々木の顔を下から照らしている。

「ならば、ここでしようではないか」

藤蔵はゆったりした口調でいったが、片手は素速く動き、闇を吸い取る刀身を閃かせていた。そのまま袈裟懸けに斬りつけたが、佐々木は酔っているわりには俊敏に飛びすさってかわした。

「なにをする！」

佐々木は怒鳴るなり自分も刀を抜いて青眼に構えた。

八郎太が横にまわりこんで逃げられないように立った。すでにその手には鞘走らせた刀が持たれていた。文五郎も同じで、藤蔵の横に立ってじりじりと佐々木との間合いを詰めていた。

「辻斬《つじぎ》りか、それとも物盗《ものと》りか……」

佐々木は青眼に構えたまま、三人に警戒の目を光らせる。

（こやつ、思ったほど酔っていなかったな）

胸の内でつぶやきを漏らした藤蔵は、一気に間合いを詰めた。そのまま上段に振りかぶり、鋭い斬撃を見舞った。だが、佐々木は刀の棟ではじき返して、逃げるようにさがると板壁に背中を打ちつけた。

「天誅《てんちゅう》だ」

藤蔵は声を発するなり、迅雷《じんらい》の突きを見舞った。と、その突きが横合いから撃ちたたかれた。虚をつかれた藤蔵は、その衝撃で危うく刀を落としそうになった。

さっと横を見ると、ひとりの男が立っていた。

伝次郎は巨漢の浪人の刀を打ちたたくと、櫓をくるりと返し、小柄な男の肩に一撃を見舞った。がつと、鈍い音がして、相手がひざまずいたのを見ると、

「逃げるんだ」

と、襲われていた侍に声をかけた。しかし、その侍にはもうひとりの浪人がかかっていた。助けようと櫓を構えなおすと、巨漢が目の前に立ち塞がった。

「てめえ……」

夜目にも双眸をぎらつかせ、刀を八相に構え間合いを詰めてきた。

伝次郎は櫓をしごき、体を半身にする。巨漢が刀を振ってきた。上段からだ。それをかわすと、横薙ぎに刀を振り抜く。風を切る刀が、ぶうんと唸った。

瞬間、身を低めた伝次郎は、相手の脛をめがけて櫓を打ちつけた。手許がわずかに狂い、それは脛ではなく太股をたたいた。

「うぐッ……」

太股に衝撃を受けた巨漢がさがった。

「あわっ」

悲鳴のしたほうを見ると、侍がもうひとりの浪人に斬られたところだった。しかし、怪我は浅いらしく、片手で刀を持ったまま大きくさがった。

伝次郎はさらに追い討ちをかけようとする浪人の背中に、櫓をたたきつけた。

「いたッ！」

浪人が悲鳴をあげて、振り返った。豆粒のように目の小さな男だった。薄い唇を奇妙にゆがませ、「きさま……」と歯軋りをするような声を漏らした。

伝次郎は櫓を槍に見立てて構えた。太股をさすっていた巨漢が、刀を構えなおして近づいてくる。小柄な男も痛みが引いたらしく、刀を握りなおしている。

「なんの騒ぎだ！」

突然、近くで声がした。近くの屋敷門の前に男の影があった。

そのことで三人の浪人たちが怯んだ。

「いかん、退《ひ》け。退くんだ」

巨漢はそういうと先に背を向けた。二人の仲間もあとを追うように駆けだした。

伝次郎は追ってもよかったが、斬られた侍のことが気になっていた。

「大丈夫ですか？」

「たいしたことはない。かすり傷だ。だが、かたじけない」

侍は斬られた肩を押さえながら伝次郎を見、

「そのほうは、船頭では……」

と、驚いたような顔をした。伝次郎もなぜ知っているのだろうかと思った。

「やはりそうだ。一度そのほうの舟に乗せてもらったが、やはりそなたは侍だったのだな。それに、さっきの棒さばきはただものではない」

そういわれて伝次郎はやっと気がついた。一度、元は侍ではないかと、伝次郎にいって舟賃をはずんでくれた客がいた。その客が目の前の侍だったのだ。

「これは、あのときの……」

「とにかく危ないところを申しわけなかった」

侍はゆっくり立ちあがって、自分のことを名乗った。

二

ガタッと玄関の戸が開いたかと思うと、

「りつ、帰ってまいった」

と、夫の仙助が職人ふうの男に支えられるようにして、上がり框に腰をおろした。

居間で縫い物をしていたりつは、仙助の肩が血で濡れているのを見て、

「いかがなさったのです」

と駆けよった。

「辻斬りにあってな。この方に助けてもらったのだ」

「辻斬りに……」

りつは股引に半纏というなりの男を見た。精悍《せいかん》な顔つきをしていた。

「詳しいことはあとだ。とにかく礼を申し上げてくれ。声をかけられ、いきなり斬りつけられたところを救ってくださったのだ。船頭をやっておられるが、元は侍だ」

「それは危ないところをありがとうございました」

「いえ、お気になさらずに、それより傷の手当てを……」

船頭にいわれたりつは、はっとなって薬箱を取りに行った。傷や血止めに効く膏薬と晒《さらし》を持って戻ると、船頭が座敷で仙助の傷の具合を見ていた。

「御新造《ごしんぞ》さん、さいわい傷は浅いようです。これならすぐに治るでしょう」

船頭はそういって、りつから薬を受け取ると、慣れた手つきで手当てを施した。

「かたじけない。りつ、この方に茶を、それからわたしに水をくれないか」

「いえ、わたしはこれで……」

船頭は遠慮した。

「あらためて礼をしたいと思いますが、茶の一杯ぐらいよいではありませんか。りつ、さあなにをしておる」

仙助はりつを急かしたが、船頭は固辞して土間に下りた。

「ともかく大過なくてようございました。わたしは急ぎの用がありますので、これで失礼させていただきます」

船頭は所作にかなった辞儀をした。なるほど元侍だというのが、りつにもわかった。

「そう申されるならしかたないが、先ほどはほんとうにありがとうございました。そこまでお送りいたしましょう」

船頭はそれにはおよばないといったが、仙助があとを追うように立ったので、りつも玄関の前までいって船頭を見送った。

伝次郎は夜の遅い訪問を詫びたが、美弥は快く迎え入れてくれた。また、おこうも伝次郎を歓待してくれる。会うたびにおこうが自分になついていることを知った。

美弥が台所で茶を淹れている間、おこうは伝次郎のそばを離れず、今日は好きな花の匂いを嗅《か》いだ、蝶々に触れてその羽根がとてもやわらかかったなどと話す。

「でもね、おこうは猫を可愛がりたいのです。猫の毛はとてもやわらかくてなでると気持ちいいのよ。わたしの指をざらざらした舌で舐めるの。船頭さんも猫は好き?」

「ああ、猫は可愛いからね」

「この子、隣の飼い猫が遊びに来ると、抱いて放さないんです。おこう、申しわけないけど、わたしは伝次郎さんとお話がありますから隣の間に行っていてね。でも、眠くないの？」

茶を運んできた美弥にいわれたおこうは、まだ眠くないといって、素直に隣の間に行き襖を閉めた。

「頼まれたことは今日のうちにすべてわかりました」

美弥は茶托《ちゃたく》にのせた茶を、伝次郎に差しだした。

「聞かせてください」

「あの日、妹の屋敷を訪ねたのは、わたしの親戚のものでした。二人いましたが、ひとりは赤飯を炊いて重箱に入れて持って行ったそうです。もうひとりは天麩羅や酢の物を持って行ったそうです。でも、それは日の高いうちで、夕方には家に戻ったといいます」

おこうにはあまり聞かせたくない話なので、二人は極力声を抑えて話す。

「食事はしていかなかったと……」

「茶をいただいただけだと申していました」

「すると、その親戚の方は夜にはいなかったことになりますね」

「ええ、夜は家にいたといいますし、それが嘘でないというのもわかっています」

美弥は念を入れて、家族のものや近所のものにたしかめてきたといった。これには伝次郎も少しばかり驚いたが、それだけ美弥は真剣に調べているのだった。

「お酒のほうですが、酒樽は祝言の日に美紀の家に届けられたことがわかりました。ただ、尾頭付きの鯛と煮物などが届けられたのは、二人がああなる前の夕刻でした。慎之丞さんのご同輩の方でしたが、届けてすぐに帰ったと申されています」

「その人はなぜ遅れて祝いを……」

「美紀と慎之丞さんの祝言の日に、お身内の不祝儀が重なったので、しかたなかったと申されました。その方の奥様もそうおっしゃいますので、まちがいはないでしょう」

「その人も夕刻に帰られたわけですね」

「そうです」

伝次郎は茶に口をつけた。

「少なくともわたしの調べたかぎり、あの夜二人を訪ねた人はいないようです。もっともわたしの調べが足りないのかもしれませんけれど……」

そういってうつむく美弥を、伝次郎は眺めた。行灯のあかりが白いうなじを染めていた。

「すると、まったく美弥さんや身内の知らない何者かが、慎之丞さんの屋敷に押し入ったのかもしれませんね。じつは妙な話を聞いているのです」

伝次郎はそういって、三人の浪人のことと抜き身の刀を持って裸足で逃げるように駆けて行った侍の話をした。

「男と裸の女が見られた時刻と、三人の浪人が見られた時刻が近いのが引っかかります」

「もしやその三人の浪人が……」

美弥はきらきらと目を光らせた。

「そうだとはいい切れませんが、じつはさっきその男たちと思われる浪人たちに会ったのです。もっとも、会ったというのではありませんが……」

伝次郎はかいつまんで佐々木仙助が襲われたことを話した。

「なぜ、その浪人たちはそんなことをしたんでしょう？」

「物盗りのためだったのかもしれません。佐々木さんは、人に恨まれたり命を狙われるようなことは一切していないと申されましたから……。しかし、あのものたちは亀戸に住んでいるようなのです。亀戸のどこに住んでいるのかわかりませんが、慎之丞さんの屋敷からさほど離れてはおりません」

「するとその三人が……」

「明日にでも調べてみたいと思いますが、もうひとつ気になるのが、抜き身の刀を持って駆け去った侍です。なにがあったのかわかりませんが、ひょっとしたら慎之丞さんだったような気がします」

「伝次郎さん、他にわたしにできることはありませんか。仕事を休んでやってくださっているのでしょう。このままでは申しわけがありません」

「そのことは気にしないでください。乗りかかった船ですから、調べられるだけ調べるつもりです。そうしないとわたしの気もおさまらないのです」

「わたしがあなたの舟に乗ったばかりに、面倒をおかけすることになりましたね」

「それはいっこなしです。なに、遠慮はいりません」

伝次郎は美弥を安心させるように、頬に笑みを浮かべた。

藤蔵は酒樽を揺さぶると、強く舌打ちをして、

「くそ、もう空じゃねえか」

と、空の酒樽を蹴飛ばした。

「飲みたきゃ買ってくればいい。金はあるんだ」

そういった八郎太を、藤蔵は強くにらんだ。

「呑気《のんき》なことをいうんじゃねえ。やつを仕留め損なったんだ。やつを斬らなきゃ、残りの百両は入ってこないんだ。このたわけがッ」

「なにを苛《いら》ついているんだ。落ち着け。さっきは邪魔が入っただけではないか。今度はうまくやればいい。なにも急ぐことはないんだ」

文五郎は顎の無精ひげをさすりながら、ごろりと横になった。

「おまえも悠長なことを……」

藤蔵は柱に寄りかかって、丸太のような足をのばした。

「だがな、あの佐々木仙助って野郎は、今度は用心するぜ。今夜のようにうまくはいかないはずだ」

「用心するだろうが、あの男は酒好きなのだ。そのうち隙は見える。それまで待つだけのことだ。いざとなったらあの男の家にこっそり押し込むという手もある。慌てるな慌てるな。こういうことは焦《あせ》るとろくなことはない」

文五郎はいつももっともらしいことをいう。そのことを藤蔵はときどき疎《うと》ましく思う。三人のなかで一番頭が切れると勝手に思い込んでいるのだ。

「そうだよ、慌てると事をし損じるとよくいうじゃねえか」

八郎太までそんなことをいうから、藤蔵は面白くない顔をしたまま黙り込んだ。できることなら今夜のうちに、片をつけておきたかった。そうすれば、明日にでも残りの百両が手に入る予定だったのだ。

返す返すも邪魔が入ったのが悔しい。それにしてもあの男は職人のようだった。舟を漕ぐ櫓で殴りかかってきたのだ。今度会ったら膾《なます》に切り刻んでやろうと思うが、暗がりだったのではっきり顔を見ることができなかった。

「藤蔵、それより残りの百両をもらうだけですますのか?」

文五郎が聞いてきた。

「馬鹿をいえ。それで引っ込んでいられるか。こっちは人ひとりを殺すんだ。それに水野ってあの旗本はたいした屋敷に住んでいる。それなりの身分もあるはずだ。殺しを請け負わせた旗本だといい触らされたくはないはずだ。つまり、おれたちは水野の弱味をにぎっているわけだからな」

「だが、いい触らすと脅しても、水野はそんなに馬鹿じゃないだろう。いい触らせばこっちの首も絞めることになるんだからな」

八郎太が脛のあたりをぼりぼり引っかきながら藤蔵を見た。

「だからおめえは馬鹿だというんだ。おれたちが触れまわるわけじゃねえさ。人を使えばいいだけのことだろう。おれたちが江戸を離れて、水野に知られない遠くに行けばどうってことはない。そういい含めればいいだけのことだ。ふふ、あの水野が怖気《おぞけ》をふるう顔がいまから瞼の裏に浮かぶぜ」

「おい、こんなむさ苦しいところは引き払って、もっとましなとこへ移らないか。金はあるんだ。けちることはないだろう。それに佐々木仙助を斬れば、もっと金が入るんだ」

文五郎の提案に、藤蔵もそうだと思った。

「そうだ。金はできるんだ。こんなとこは引き払っちまおう」

「それでどこへ行く？」

「明日にでも考えようじゃないか。手ごろな一軒家でもいいし、旅籠《はたご》でもいいだろう」

「そうなったら水野に教えておかなきゃならないな」

八郎太がむっくり起きあがって、言葉を足した。

「佐々木を斬ったあとのことだが。水野を脅すとしても、あといくらせしめるつもりだ」

藤蔵は少し考えてから答えた。

「……あと百両がせいぜいだろう。それだけもらえりゃ御の字だ。しめて二百五十両の稼ぎになるんだからな。欲をかくのもそれがいいところだろう」

「二百五十両ありゃなんでもできるな。江戸にこだわることもないしな」

「そうさ、江戸じゃなくてもいいさ」

藤蔵は先のことに思いを馳《は》せる目つきになった。

三

ほとんど寝ずの看病をしていたりつは、表で鳴く雀の声ではっと我に返ったように目を覚ました。夫の仙助はすやすやと寝息を立てている。

昨夜、元侍だという船頭は仙助の傷の手当てをして帰っていったが、その後仙助は熱を出した。そのためにりつは枕許について看病していたのだった。雨戸の隙間にあわい光が感じられた。りつは台所に立って、水瓶《みずがめ》の蓋を取って柄杓《ひしゃく》で水を飲んだ。

「りつ、わたしにも水をくれないか」

仙助の声がした。

寝間に戻ると、仙助は夜具の上に座っていた。

「もう大丈夫なのですか?」

「うむ。あの船頭にも礼をしなければならぬが、そなたの看病にも礼を申す。寝ずに看《み》ていてくれたのだな……。すまなかった」

仙助はそういって、りつから水を受け取った。

「なにをおっしゃるのです」

「昨夜は危ない目に遭い、すっかり酔いが醒《さ》めてしまった」

と、仙助がいう。りつはまた酒を所望《しょもう》されるのではないかと思い身をかたくしたが、仙助は言葉を継いだ。

「醒めたのは酔いだけではない。一晩寝て自堕落な我が身の情けなさにも目が覚めた思いだ。それに、そなたの気持ちが嬉しかった。こんなふしだらな亭主のために、寝ずに看病をしてくれた。そなたの気持ちが身にしみた」

「それは、当然のことですから……」

りつはうつむいて自分の手を重ね合わせた。自分が寝ないで看病していたのを、この人は気づいていたのだと思った。

「りつ、申しておくが、わたしは他人に襲われるようなことはなにもしておらぬし、身に覚えもない。昨夜はなにもいわなかったが、助けてくれた船頭の介添えを受けながら帰る道々、わたしは後悔した」

「後悔……」

「うむ、襲ってきたのは三人の浪人だった。おそらく諸国から流れてきた質の悪い浪人だろう。食いはぐれて酔っているわたしを襲い、金を奪おうとしたのだ。だが、それはわたしに油断があったからだ。もし、あそこで斬られていたら、そなたを悲しませるだけでなく、この先迷惑をかけることになる。そのことを思い知った」

仙助は水に口をつけた。りつは、今朝の夫はやけに饒舌《じょうぜつ》だと思った。普段は苦虫を噛みつぶしたような顔をして、必要以上のことはしゃべらないとっつきの悪い男なのだ。

「わたしは作事方の下っ端で出世も望めぬが、どうにか人並みの暮らしはできる。そなたにはもっと楽をさせてやりたいが、辛抱を強《し》いて倹約をさせている。それなのに、わたしはそなたの引き止めるのも聞かず、毎晩のように飲み歩いている。妻に切り詰めた暮らしをさせているくせに、勝手な男だ。りつ、これまでのわたしの我が儘を許してくれ」

りつは驚いた。夫が深々と頭をさげたのだ。

「なにをおっしゃるのです」

「いや、ほんとうだ。わたしは心を入れ替える。正直に申すとな。わたしは自棄《やけ》になっていたのだ。いくら真面目に仕事をしても、旗本ならいざ知らず報われることはない。城に登れば米搗《こめつ》き飛蝗《ばった》のように頭をさげてばかりだ。そんな自分がいやでたまらなかった。だからといってどうすることもできぬことだ。だから、わたしは酒に逃げていたのだ。人間が弱かったのだ」

りつはまっすぐな目を向けてくる夫を見つめた。まさかこんなことをいわれると は思いもよらぬことだった。よく見れば、この人はすんだ清い目をしている、それに顎は少ししゃくれているが、人のよさそうな面立ちだ。もっと早く、夫の苦しい胸の内を聞いてやるべきだったのではないかと思った。

「酒に逃げず、剣の稽古をつづけていれば、昨夜のような不覚は取らなかったはずだ。これでも念流《ねんりゅう》の免許を受けた身だからな。思えば昨夜のことはなにかのお告げかもしれない。妻や家をもっと大事にしろという……」

「…………」

「りつ、約束いたす。わたしは酒を断つとはいわぬが、明日から控えることにする。飲むときはそなたの酌で飲むことにいたそう」

「ほんとうにそうお思いなので……」

「本気で申しているのだ。りつ」

仙助は真摯な目をりつに向けた。

「……はい」

「子を作ろう。立派な子を作ろう。そのためにもこれまでのことをあらためる。苦労はかけると思うが、ささやかな幸せを築いていこうではないか。いままですまなかった」

仙助はまた頭をさげた。その殊勝な態度と言葉に、りつは胸を打たれた。熱いものが込みあげてきて、我知らず涙があふれた。

「こちらこそ、よろしくお願いいたします」

手をついて夫に頭をさげるりつの声はふるえていた。

もう一杯水をくれという夫のために、りつは涙を拭《ふ》いて台所に下りた。柄杓で水を汲《く》み、湯呑みに入れる。窓の外を見ると、白々《しらじら》と夜が明けている。

思いもよらず夫に謝られたが、りつは自分も謝らなければならないと思った。これまで夫に抱いていた不平不満や、この人に一生ついていけるだろうかという迷いがあり、毛嫌いしてもいた。しかし、さっきの夫の言葉で、打ちよせる波が引いてすべてが消えていくような思いになっていた。

いざとなったら水野主馬という旗本の殿様に、囲ってもらいたいという邪《よこしま》な気持ちを抱いたこともある。しかし、落ち着いて考えれば無理なことだ。あの方には立派な正妻があり、またこれから大きく出世をする旗本である。身分が違いすぎる。

(わたしはあまかったのだ)

胸の内でつぶやいたりつは、唇を噛み、それからさっき仙助が口にしたことを思いだした。

——子を作ろう。立派な子を作ろう。

りつは水を持って仙助のそばに戻った。仙助はわたされた水を、さもうまそうに喉を鳴らして飲んだ。その様子を見ながら、りつはやわらかな笑みを口許に浮かべ、

(あなたさま、立派な子を作りましょうね)

と、声にださずにささやいた。

四

下城を知らせる太鼓が鳴りひびくと、主馬はそれを待っていましたとばかりに勘定所を出た。急ぎ足で歩いていると、配下のものたちが立ち止まって挨拶をしてくるが、いちいち応じていられる心境ではなかった。

そそくさと城を出ると、こういうことなら馬で来ればよかったと思いもするし、

どこかで舟を仕立てて帰ろうかと考えもする。供侍や挟箱《はさみばこ》持ちや小者らが、金魚の糞《ふん》よろしくぞろぞろとついてくるが、いつになく急ぐ主に首をかしげているようだった。

その日、主馬はほとんど仕事が手につかなかった。まわってくる書類を眺めては見たが、それを吟味する心の余裕などなかった。

ひょっとすると、昨夜あの浪人たちが、佐々木仙助を斬ったのではないかと推量したからである。いや、きっとそうだという思いが時間がたつごとに強くなった。なによりあの浪人らは、金に窮している浅ましい人間である。早く大金を手にしたいと思うはずだ。

そのためには、早く佐々木仙助を始末することである。主馬が気にするのは、ことがうまく運んだかどうかである。しくじっていれば、大変なことになる。むろん、そんなことはないと踏んではいるが、やはり不安をぬぐうことはできない。

主馬は浪人たちに自分の役職を伏せて、名を明かし屋敷を教えた。こういったことは他に頼めないから、浪人たちを信用させるためにはしかたがなかった。しかし、万が一のことがあれば、この身は安泰ではない。

それに今朝、気になることを耳にした。佐々木仙助が念流の免許持ちだというのである。作事方では有名らしく、市中にある錦清館《きんせいかん》という道場では師範代格だったという。しかし、相手は三人である。斬り結んだところで勝ち目はないと思うが、こればかりはたしかめるまで安心できない。

りつを思う気持ちも強いのではあるが、いまは浪人らが、昨夜、仙助を斬ったかどうかが気になってしかたなかった。

足を急がせたので自宅屋敷についたときは、汗だくであった。

玄関に入ったとき、迎えに来た中間の源七が、

「奥様がお帰りでございます」

と告げた。主馬は乱れていた呼吸を一瞬止めて、

(いまごろ帰ってきおって)

と、腹を立てた。

そのまま奥座敷に行き着替えにかかると、妻の江里が座敷の入口できちんと手をつき、

「お帰りなさいませ」

と挨拶をした。主馬はなにも答えず、憤然とした顔つきで、袴を脱ぎ、帯をほどく。

江里が無言のまま散らかった着物をたたんで乱れ箱に入れていった。

「子も夫もあるというのに、まるで家出をするように消えたと思ったら……まったく」

責め言葉を吐いた主馬は、着物をたたむ江里をにらんだ。

「離縁でもしとうございますか」

下を向いていた江里が、すっと面《おもて》をあげた。毅然《きぜん》とした表情だった。

「おう、おまえのほうから離縁と申すなら望むところだ。いつでも離縁状は書いてやる」

「おたわむれはおよしくださいませ」

「なんだと……」

主馬が目を剝くと、江里は冷たい笑みを浮かべた。それは妙に凄艶《せいえん》であった。

「わたしが留守《るす》の間、わたしのことをよくお考えくださいましたか。それともなにもお考えになりませんでしたか……」

「帰ってきたと思ったら、いったいなんだ」

「なにもお考えにならなかった。迎えに来られなければ、使いのひとつもありませんでしたからね。しかし、頭から離れない女がいる。それはたしかなことのようですね」

「けッ。戯《ざ》れ言《ごと》などうんざりじゃ……」

「そうでしょうか。この屋敷に行儀見習いに来ていたりつのことは、いかがでしょう」

江里は射るような視線を向けてくる。主馬は内心動揺したが、必死に表情に出ないようにした。

「わたしの目は節穴ではありません。あなたさまとりつがいつしか深い仲になっていたのは、とうに知っております」

主馬はギョッとなった。肺腑《はいふ》を抉《えぐ》られるような衝撃を受けた。

「それでもわたしは黙っておりました。気の迷いはだれにでもあることでございます。それにりつはこの家を出て間もなく、めでたく嫁にまいりましたし……」

「…………」

主馬は能面顔になって妻を見ていた。

「ところが、あなたさまはわたしのことなど上《うわ》の空《そら》。いつまでもりつに思いを募らせておられるご様子」

「馬鹿を申せ」

主馬は吐き捨てるようにいって、どすんと腰をおろした。しかし、江里は腹を据えた顔でつづける。

「勘定吟味役の出世頭ともあろう方が、あんな小娘に弄ばれてどうなさいます。どうしても離縁を申されるなら、わたしにも考えがあります」

「……なにがあると申す」

「光之助と鈴を引き取り実家に帰り、なにもかも洗いざらい父上に話します」

主馬はこの言葉に大いに狼狽した。江里の父親は大番頭を勤めあげた人であった。温厚な人柄であるが、いまでも幕閣内に影響力を持ち、人事力に長《た》けているといわれ、老中の信が厚い。重役の不正を見出し、謹慎や蟄居《ちっきょ》に追いやった陰の実力者でもあった。

その父親を主馬は畏怖《いふ》していた。もし、江里が言葉どおりの行動を取れば、主馬の身は安泰ではない。

脳裏に「失脚」という文字さえ浮かんだ。なにより勘定吟味役に引き立てられたのも、江里の父親の威光があったからである。

「おや、お顔の色が悪うございますよ」

「黙れッ」

「でも、わたしは離縁などいたしません。光之助と鈴が立派に成人するまでは、しがみついてでもこの屋敷からは離れませぬ。わたしたちの仲がどうなろうが、子に罪はありませんからね」

主馬は呆然《ぼうぜん》とした顔で江里を見つめていたが、視界からその姿がすうっと消えてしまった。江里の立ち去る足音を聞きながら、主馬は目の前の虚空を凝視していた。

「殿様、殿様」

遠慮がちな声がしたのはすぐのことだった。源七が廊下にひざまずいていた。

「なんだ」

「稲津文五郎様という方から手紙でございます」

「なに……」

主馬はさっと立ちあがると、源七からひったくるように手紙を取って開いた。文面は短かったが、これはすぐにでも会わなければならないと思った。

「着替えをしたら出かける」

五

屋敷を出た主馬は、妻にいわれたことを頭のなかで考えていた。あれほどまで江里が気丈な女だとは思いもしなかった。それはそれでよいが、りつとの関係をどうやって知ったというのだろうか。細心の注意を払っていたので、知られるはずはなかった。

(女の勘か……。それともりつの残り香……)

とにかく妻がりつとの関係に気づいていたのはたしかである。だが、それがなんであろうかと、主馬は一笑に付したくなった。実際、低い笑いをこぼした。

妻は子供が成人するまでは、屋敷から離れないと断言した。つまり、我が身はまだ安泰というわけである。主馬はその間に自分の地位をゆるぎないものにしておけば、なんの問題もないということに気づいた。

（所詮女の浅知恵でしかない。馬鹿馬鹿しい）

腹のなかで嘲笑《あざわら》う主馬は、すっかり妻に対する思いが冷めてしまった。妻も同じであろう。さっきのあの目とあの態度を見れば明らかなことだ。夫婦仲が冷めても、りつへの思いは冷めないばかりか、愛《いと》おしさがかえって募ってきた。

（よい。りつの面倒はわたしがみよう。妻になにをいわれようがかまうことはないし、いわせるつもりもない）

主馬は腹をくくった。

午後の日射しはやわらかであった。新緑の木々もまぶしいほどである。主馬は妙に晴れ晴れとした気持ちになっていた。

稲津文五郎からの手紙は、早急にも大事な話がしたいという呼びだしであった。おそらく佐々木仙助を斬ったその報告であろうと、主馬は推察した。ことがうまく運んでいれば問題はない。

屋敷を出た主馬は竪川につながる二ツ目通りをまっすぐ南へ向かっていた。手紙には相生町にある船宿「丸八」で待っているとあった。主馬は二ツ目之橋の手前を右に曲がって、「丸八」にあがった。

二階座敷の隅で、三人の浪人は優雅に酒を飲んでいた。他の客の目を遮《さえぎ》るために、衝立《ついたて》で仕切っていたが、彼らの他に客はいなかった。

竪川を眺められる窓から傾いた日の光が畳に走っている。あぐらをかいている巨《きょ》軀《く》の藤蔵が、じろりと主馬を見て、にやりと不敵な笑みを浮かべた。

「用件はやってくれたか……」

主馬は窓を背にして座ると、三人を順繰《じゅんぐ》りに眺めた。浪人たちの顔は日の光に染められていた。

「まだ、これからですよ」

藤蔵が酒を舐めていう。

「昨夜やるにはやりましたが、邪魔が入りましていったんあきらめたところです」

主馬はそういう文五郎を見て、片眉をぴくりと動かした。

「邪魔が入ったというのは、しくじったということであるか」

「ご心配にはおよびません。今度は邪魔の入らないようにうまくやりますから」

「つぎはいつやる？」

主馬の視線を外した文五郎は、藤蔵を見た。

「早ければ今夜、遅くても明日か明後日……」

と、藤蔵がのんびりした口調でいう。

「さようか。こういったことは早ければ早いほどよいだろう。相手は他人に迷惑をかける嫌われものであるからな」

「それより、ひとつ相談があるんですがね」

「なんだ？」

主馬はいかめしい顔をしている藤蔵を見た。鬼のように剝かれた目で見られると、怖じけづきそうになる。

「亀戸のねぐらを引き払ったんですよ。ついてはどこか適当なところがないかと、そう思っているんですが知恵を貸してもらえませんか」

「家を借りたいと、そういうことではないだろうな」

請人《うけにん》（保証人）になってほしいというのであれば、お断りである。そんなことは絶対にできない。

「一時のねぐらでいいんです。旅籠でもかまいませんが、やはり居心地のよいところがないかと思いましてね」

文五郎が答えるのに、八郎太が言葉を添えた。

「水野さんほどの旗本なら、寮（別荘）のひとつぐらいお持ちでしょう」

「寮……そんなたいそうなものは持っておらぬ。わたしはそれほどの身分でもなければ、その余裕などもない」

主馬は下手につけいられてはいやなので、先に釘を刺した。案の定三人は期待外れの顔をした。

「だが、一時のねぐらであれば、なんとかできよう」

三人の顔が一斉に主馬に向けられた。

「業平に一軒の家がある。手狭だがそこなら使ってもかまわぬ」

「業平……」

藤蔵が怪訝そうな顔をして、知っているかと仲間に訊ねるが、文五郎も八郎太も首をかしげた。在所から流れてきた浪人たちだから、まだ江戸の土地に明るくないのだ。

「横川の北に業平橋というのがある。その近くの村にある静かな家だ。かといって町屋からもさほど離れておらぬから不便ではない。知り合いの別宅ではあるが……」

そうはいったが、じつは主馬の亡父が趣味のために建てた家だった。水路を庭に引き込み、茶室をこしらえた趣《おもむき》のある家だ。もっとも趣味のためとは建前《たてまえ》で、ほんとうは妾《めかけ》を囲った家だというのを主馬は知っていた。いずれ処分しなければならないと常々考えていた。

「その家だったらだれも咎めるものはいない。ただし、長くても十日をかぎりにしてもらいたい。なにしろ他人の家だ」

「十日もいられれば十分だ。それでは、詳しい場所を教えてもらおう」

藤蔵がいうのへ、主馬はわかりやすく地図を描いてやるといった。

「地図があれば助かる」

「それで例の件だが、今日明日にもやるといったが……」

「やる、できれば今夜にでも片をつける」

藤蔵の目は光の加減で赤くなっていた。

「ぬかりなく頼む」

「うむ。金の用意はできているのだろうな」

「懸念あるな」

短く応じた主馬は、三人をしっかり見て腰をあげた。

六

「おれはたしかめちゃいねえが、その家に三人の浪人が出入りしているのを見てるっていうんだ。悪いが、客を待たせているんで行くぜ」

仁三郎はそういうと、伝次郎に背を向け船着場で待っている客のところに戻った。

そこは天神橋のすぐそばで、昨日に引きつづいて聞き込みをしていたのだった。

昼過ぎにやってきた仁三郎が加勢をしてくれたおかげで、いい話を聞けた。

伝次郎は仁三郎が会ってきたばかりの老夫婦の家に向かった。

その老夫婦は亀戸町の外れで小さな履物《はきもの》屋をやっていた。軒先に草鞋《わらじ》がぶら下げられ、狭い店のなかに下駄や雪駄などが置かれていた。儲かっているような店ではない。

伝次郎が仁三郎から聞いた話をすると、

「へえ、あの三人の浪人はよく見かけます」

と、年老いた亭主はあっさり答え、

「なにかあの浪人たちが悪さでもやりましたか?」

と、伝次郎の顔をまじまじと眺める。

「いや、会いたいだけだ。それでその家はどこにある?」

「ここからすぐですよ。一柳《ひとつやなぎ》様という旗本のお屋敷の手前に小川が流れております。それを右に辿って行ったところにあります。昔は寺の方丈だったんですが、いまは放られたままですから壊れかけた小屋にしか見えませんがね。裏に雑木林を背負った茅葺きです」

「ありがたい」

伝次郎が礼をいって去ろうとすると、土間奥に腰掛けていた老婆が、

「あんた、あのことも話したらどうだい。ほら身投げした若奥様が見つかった前の晩のことだよ」

と、そんなことをいう。伝次郎は二人の老人を振り返った。

「なにがあったというのだ」

「あの晩に血相を変えた侍が、三人組の浪人の家を知らないかって訪ねてきたんですよ。すっかり忘れていたんですがね、昨日かその前だったか、心中した旗本の名を聞いてびっくりしたんです。なんと小笠原だというではありませんか」

老爺はそういって、「なあ」と古女房を見る。

「ちょっと待ってくれ。この店を訪ねてきた侍の名が小笠原だったというのか」

「さようで……」

応じた亭主に、老婆のほうが言葉を添えた。

「この人は年寄りのくせに宵っ張りでね。あの小笠原って侍が来たのは、九つ近かったんじゃないかね」

伝次郎は目を光らせた。

同じ晩に自身番の店番は、抜き身の刀に裸足で駆け去る男を見ている。それは小笠原慎之丞だったのだ。そして、慎之丞は三人の浪人の家に行ったのだ。

老夫婦に礼をいった伝次郎は、足を急がせた。教えられた道順を辿ってゆくと、すぐにその家はわかった。茅葺き屋根の小さな家は傾き、いまにも倒れそうになっている。庭は雑草におおわれているが、屋根にも草が生えていた。背後の雑木林が風に吹かれてゆっくり動き、ときどき白い葉裏をのぞかせる。

伝次郎は息を殺して、足を進めた。鳥の声がするだけで人の声はしない。そっと戸に手をかけ、屋内の気配に五感を研ぎすませた。人はいない。そのまま戸を引き開けると、明るい日の光がさっと狭い土間にのびた。

伝次郎は家のなかに入って、すぐに目を厳しくした。酒の空き樽が転がっていたのだ。さらに赤飯が入っていたと思われる重箱が、板の間に無造作に置かれている。

欠け茶碗や丼や皿も乱雑に置かれていた。粗末な夜具が隅にまるめられている。ここに三人の浪人がいた。その浪人たちは慎之丞夫婦と問題を起こしたのだ。

伝次郎は狭い家のなかに視線を這わせる。

また、あの浪人たちは戻ってくるのか。それとも、どこかへ立ち去ったのか。亀戸での聞き込みでは、昨日見たというものもいれば、しばらく見ないというものもいた。とにかくあの三人がここにいたのはたしかなことだ。

伝次郎はいったん表に出た。日は傾きつつあるが、暮れるまでにはまだ間がある。ここで待ってもいいが、無腰《むごし》では分《ぶ》が悪い。今日は舟に刀を持ち込んでいた。伝次郎は舟に戻ることにした。

天神橋のたもとに戻る間、伝次郎は通りを歩く浪人たちに目を光らせたが、例の三人組に行き合うことはなかった。舟に乗り込んだとき、このままさっきの陋屋《ろうおく》に戻っても時間の無駄ではないかと思った。

やつらがいつ帰ってくるかわからないし、引き払っているかもしれない。そうだ、慎之丞夫婦の死の真相に迫る手掛かりをつかんだことを、美弥に話しておこうか。

そう思った伝次郎は、刀ではなく棹をつかんだ。

横十間川から竪川に入る。舳《みよし》がゆっくり水を切って進む。伝次郎は川の両岸を歩く男たちに注意の目を向けていた。探すのは三人組の浪人だが、いつもいっしょに歩いているとはかぎらないはずだ。

だが、あの魁偉な男のことは忘れもしない。伝次郎はその浪人がひとり歩きしているかもしれないとも考えた。徐々に傾く日の光を受けた川面は、きらきらと輝いている。

「伝次郎、おい待ってくれ」

それは新辻橋の前だった。振り返ると仁三郎が慌てたように棹をさばいて舟を近

づけてきた。どうしたと聞けば、

「おめえさんがいっていた三人組の浪人のことだ」

という。伝次郎はこめかみをぴくっと動かして、「見たのか？」と、問い返した。

「あいつらがそうなのかわからねえが、ひとりはやけに背のでかい人相の悪いやつだった。ひょっとしてそうじゃねえかと思って、おまえを探していたんだ」

「どこで見た？」

「この先の相生町河岸だ。二ツ目通りを御竹蔵のほうへ歩いていた。それだけじゃねえ、さっきは長崎橋のそばでも見かけたんだ。さっきといったって、もう一刻ほど前だがよ」

伝次郎は竪川の西のほうに目をやったが、すぐに仁三郎に顔を戻した。説明のつかない妙な胸騒ぎがしていた。

「仁三郎、すまねえ。なにかわかるかもしれねえ」

「役に立ちゃいいってことよ」

仁三郎と別れた伝次郎は竪川から横川に入った。あの浪人たちは、まだ長崎橋のそばにいるかもしれない。確信はないが、あぶれ者には暇をつぶすしか能がないはずだ。それに、仁三郎を助に頼んだのはまちがいではなかったと思った。

西の空に浮かぶ雲が、朱に染まりつつある。雲の縁はにじんだような紫色をしていた。

岸辺の石垣に一羽の尾長が止まっていた。白い腹を見せ、青い尾を上下に動かして、黒い頭をきょろきょろさせている。伝次郎が棹をさばくと、一匹の蝶が目の前をよぎっていった。

いつしか長崎橋を過ぎていた。周囲の町屋はゆっくり翳る日の光に包まれている。それは法恩寺橋を過ぎてすぐのことだった。ずっと先の川縁《かわべり》を歩いている三人の男が見えたのだ。ひとりは背が高い。

(やつらだ)

伝次郎は眉間のしわを深くして、目を光らせた。川底に突き立てる棹に力を入れる。

町奉行所時代、何人もの悪党を追ってきた伝次郎だが、こういう偶然はめったにあるものではない。美弥の執念か、それとも慎之丞と美紀の怨念《おんねん》がそうさせるのかどうかわからないが、悪党にはいつまでもツキはないということだ。

三人組の浪人は川沿いの道を歩きつづけている。まさか舟で尾行されているとは思いもしないことだろう。後ろを振り返ることもせずに、業平橋をわたってゆく。

伝次郎は岸に舟をつけると、一本の柳に舫を繋いで、菰で包んだ愛刀・井上真改をつかんだ。日はさっきより傾いているが、それでもまだ明るい。

浪人たちが行ったのは、一軒の茅葺きの家だった。亀戸村の陋屋よりはるかに立派であるが、どうやら空き家のようだ。

三人がその家に入ったのを見届けた伝次郎は、竹垣をめぐらしてある家のまわりを歩いた。表から見える庭には、小川が引き込んであり、池泉渓流《ちせんけいりゅう》を醸《かも》している。風韻の優雅をたたえるような古びた茶室も見られる。よほどの酔狂人が造った家だと知れた。

周囲は百姓地で静かであり、近くにある木立から鳥のさえずりがかまびすしい。

伝次郎は玄関にまわった。戸は開け放されている。男たちははしゃいだように、家のなかを動きまわり、雨戸を引き開けていた。

静かに歩を進めた伝次郎は、愛刀を片手に持ったまま玄関の前で立ち止まった。

その気配を察したのか、ひとりの男が振り返り、豆粒のような目をみはった。

「なんだ、おまえは……」

相手の問いかけには答えず、伝次郎はそのまま歩を進めた。草履のまま式台にあがると、昨夜の大男が目の前に現れ、団子鼻の上にある鬼のような目を剝いた。

「きさまらに話がある」

「や、てめえは昨夜の船頭では……」

「覚えていたか」

「この野郎」

巨漢はいきなり刀を引き抜いた。だが、伝次郎は動じない。今日は片手に頼りの刀を持っている。

「慌てるな。まずは聞きたいことがある」

伝次郎はずいっと足を進めた。そこは八畳ほどの座敷であった。床の間には違い棚があり、一輪挿しの壺が置かれていた。縁側に射し込む夕日が、障子をあわく照らしている。

「しゃらくせえ野郎だ。なにを聞きたいってんだ」

「きさまら小笠原慎之丞夫婦になにをした？」

「なんだと」

巨漢のそばにいる他の二人も気色《けしき》ばみ、刀の柄に手を添えている。

「あの二人になにかをしているはずだ。なにもしておらぬとはいわせぬ」

「このォ、生意気に侍言葉など使いおって。てめえなんぞに用はない」

巨漢はそういうが早いか、いきなり斬りかかってきた。伝次郎はさっと鞘走《さやばし》らせた刀で巨漢の刀をすり上げると、右に動いた。

同時に豆粒のような目をした男が袈裟懸けの一撃を見舞ってきた。伝次郎は左にすり払うなり、返す刀で相手の胸から肩を斬りあげた。

「ぎゃあー！」

相手は獣じみた悲鳴をまき散らして畳を転がり、夕日を受けていた障子を倒した。それを見た巨漢が、顔をまっ赤にして斬りかかってきた。轟然《ごうぜん》と振り抜かれた刀は、鋭い刃風を立てて、伝次郎の頰をかすった。

転瞬、伝次郎は巨漢の横に立ち、背後から撃ちかかろうとしていた小柄な男に剣尖を向けて牽制した。その男は踏み込もうとした足を後ろに引いて躊躇った。刹那、伝次郎の刀が鮮やかな動きを見せて、相手の太股を深く断ち斬った。迸《ほとばし》る鮮血が土壁に飛び、その一部は白い障子に赤い点線を描いた。太股を斬られた男は、刀を落として両手で傷口を押さえてうめいた。

「てめえ、よくもおれの仲間を……」

牙を剝いた獣のような顔で巨漢が鋭い突きを見舞ってきた。伝次郎はその一撃を避けるために、庭に飛び下りた。巨漢が逃がさないとばかりに追いかけてくる。

かつてはきれいに手入れをされていたであろう庭の前で、二人は対峙した。巨漢は伝次郎より三、四寸は背が高い。それに剣の腕もなかなかだ。

互いに青眼に構えていたが、伝次郎はゆっくり刀を横に向け、さらに上にあげて八相に構えた。巨漢は全身に殺気をみなぎらせている。乱れた髪が風にそよいでいた。

伝次郎の小鬢のほつれ毛も揺れている。静かに間合いを詰めた。巨漢はさがらなかった。伝次郎はじりっと、もう一寸詰めた。

巨漢が地を蹴って宙に躍りあがったのはその瞬間だった。その俊敏さには驚くしかなかった。伝次郎は頭上から撃ち込まれてくる斬撃を避けるために、巨漢のいた位置に飛び、即座に体勢を立てなおした。相手は背中半分を見せる恰好になっていたが、無理に振り返ろうとせず、伝次郎の間を外すために、庭の隅にさがった。

伝次郎は一度、二度と刀を振り、柄を持つ手をにぎりなおした。さっきより日が翳っていた。両者の片頬を夕日が染めている。

総身に殺意をみなぎらせた巨漢が、先に間合いを詰めてきた。伝次郎は受ける恰好で、相手の足の動きと目の動きに注意を払う。

巨漢の呼吸は乱れている。そのために、つぎの一撃で勝負をつけようという目つきだ。

「来いッ」

伝次郎は誘った。巨漢は侮辱を受けたように口をゆがめると、一足飛びに撃ち込んできた。伝次郎は腰を落としながら、右にまわりこんだ。巨漢が脇を過ぎる。かわされたその巨漢の体が、すぐに向きなおった。勝負がついたのはその一瞬だった。

巨漢の目が驚愕に見開かれていた。伝次郎の刀の切っ先は、相手の喉に深々と刺さっていた。巨漢の持つ刀が滑るようにさげられ、地に落ちて音を立てた。

伝次郎は相手が振り返ったその瞬間に、懐に飛び込むなり、折った片膝を地につけて突きを送り込んだのである。

その刀をさっと手前に引くと、巨漢の喉からごぼごぼと血があふれた。そのまま大きな体がよろめき、引き込んである小川にざぶと、半身を投げだして倒れた。あふれる血が小川を朱《あけ》に染めていった。

伝次郎は大きく呼吸をすると、太股を斬った男の前に立った。男は小柄な体をふるわせていた。あまりの痛みにぺちゃ鼻を赤くして、目に涙をにじませていた。無様である。

「こ、殺さないでくれ」

男は懇願する目を向けてきた。

「きさまら、小笠原慎之丞の家でなにをした。隠さずにすべてを話せ」

伝次郎はぺちゃ鼻に刀の切っ先を向け、「いえ」と、もう一度うながした。

「いえば斬らないな」

「正直に話せば考える」

小柄なぺちゃ鼻は、半分べそをかいた顔で、慎之丞の屋敷に押し入ってからのことを、早口でまくし立てるように話した。

話が進むうちに、伝次郎の腹のなかに再び怒りが滾《たぎ》った。慎之丞がなぜ自害したのか、その理由はよくわかった。武士の沽券を辱められては、生きていけないと思ったのだろう。武士としての誇りが高ければ、選ぶ道はひとつしかなかったのだ。妻である美紀も、愛する夫のあとを追うために身投げをしたと思われた。

ひととおりの話を聞いた伝次郎は、この男たちが昨夜、佐々木仙助を襲った理由を訊ねた。ぺちゃ鼻は、人に頼まれたといった。

「誰に頼まれた？」

「御竹蔵のそばに住んでいる水野主馬という旗本だ。佐々木はどうしようもない男だから、百両で斬ってくれと頼まれたんだ」

「その水野主馬とは何ものだ？」

「わからないが、小身《しょうしん》の旗本じゃないのはたしかだ。それしか知らない。ほんとうだ。おい、助けてくれ。おれはなんでもするよ」

ぺちゃ鼻は傷口から両手を離して、血だらけの手を合わせて懇願した。

「では……」

伝次郎は短くつぶやくと同時に、ぺちゃ鼻の胸に刀を埋め込んだ。そのとき、相手のはだけた胸に財布がのぞいた。甲州印傳の三つ折り財布だった。

七

皓々《こうこう》と照り輝く月の下を、雲がゆっくり流れていた。

縁側ですべての話を聞いた美弥は、しばらくその空を見あげていた。伝次郎は美弥の横顔を見てから、同じように月を見あげた。

おこうは先に寝かしつけてあった。また、慎之丞と美紀の死の真相を、幼い娘に聞かせることもなかった。

美弥は深いため息を何度かついたあとで、伝次郎に体を向けなおした。

「これまで晴れなかった心が、少しは晴れた気がいたします。無念でしかたありませんが、もはや取り返しのつくことではありませんからね」

「…………」

「伝次郎さんにはなんのお礼もできませんが、ほんとうにお礼を申しあげます。ありがとうございました」

伝次郎は頭をさげる美弥を黙って見てから、

「それから、これをわたしておかなければなりません」

と、浪人の懐から取り返した財布を差しだした。

「これは妹の……」

「そのようです。せめてもの妹さんの形見になりましょう」

美弥はその財布をあらため見て、重さに気づいた。

「お金が……」

財布のなかには四十六両少々の金が入っていた。浪人たちの懐からかき集めたものだ。だが、伝次郎はそのことを伏せて、

「慎之丞さんと美紀さんから盗んだ金でしょう。美弥さんが黙って納めるといい」

と、いうにとどめた。

「……助かります」

つぶやいた美弥は、じつはこの屋敷を出なければならないと告げた。

「そもそも死んだ夫に貸し与えられた家です。今日の昼間、使いがありましてね。お上の慈悲もこれまでかと思いましたが、どうすることもできません」

「そうでしたか……。それでこのあとは、どこへ？」

美弥はゆっくりかぶりを振って、まだ決めていないが、明日から借家を探すといった。

「店でも出せればよいのですが、その元手《もとで》もありませんし、かといって後添《のちぞ》いになるわけにもまいりません。わたしにはおこうがいますからね。でも、負けずに生きていきます。妹の分も、死んだ夫の分も……おこうといっしょに……」

美弥の目に光るものが浮かんだ。

「生きていればよいこともありましょう。そうだ、近いうちにおこうを舟に乗せてやらなければなりません。約束をしていますからね。この家を引き払うのはいつです？」

「半月《はんつき》の猶予をもらっていますから、それまでにこの先のことを決めるつもりです」

二日後――。

その日の仕事を終えて下城した水野主馬は、今日あたりあの浪人たちから連絡があるだろうと思っていた。金をわたしたらさっさと江戸を離れるように諭そうと考えていた。その先にはりつとの甘い一時が脳裏にちらつく。

そんなことを考えながら自宅屋敷に近づいたとき、ひとりの侍が行く手を遮るように立った。菅笠に地味な小袖を着流した男だった。

「これ、無礼ではないか。そこをどけッ!」

家来の侍が前に出て一喝したが、相手は動じることなく主馬に近づいてきた。

「水野主馬殿ですね。佐々木仙助殿のことで話がしたい」

耳打ちするようにいわれた主馬は、顔色を変えて驚いた。

「なに、長話ではない。殿様に聞いていただきたいことがあるだけです」

狼狽《うろた》える主馬は、家来たちを振り返って先に帰っていろと命じた。家来が怪訝そうな顔で去って行くと、男は菅笠の庇《ひさし》をわずかに持ちあげた。精悍な顔つきで、人の心を射抜くような目をしていた。

男は空を映す南割下水の端に立つと、主馬を振り返り、

「勘定吟味役の殿様も隅に置けぬ人だ。なにゆえ、作事方の下役の命を狙われる」

と、低くつぶやく。

主馬は凍りつきそうな顔になった。実際、背中に冷たい水を流された気分だった。

「だが、そのことはあえて聞かないことにいたしましょう。その代わり、頼みを聞いてもらいたい」

男はそういって、手短に用件を伝えた。主馬はその話を能面顔で聞いていた。

「わかりましたか。聞いてくださらなければ、殿様にはこの先よいことはないでしょう。聞いてくだされば、波風は立ちますまい。また、拙者の申すことを疑われるなら、業平にある家をお訪ねになるがよい。あそこに三人の浪人が眠っております」

「…………」

主馬はまばたきもできず、呆然と、自分を脅す侍の顔を見ていた。

「よいですか。頼みましたよ」

侍は念を押すと、そのまま主馬の視界から消えていった。

その明くる日の午後であった。

美弥が仕立て上げた着物をたたんでいると、玄関に訪いの声があった。急いで出ると、立派ななりをした侍が立っていた。月代はきれいに剃りあげられ、鬢付けの匂いも芳ばしかった。顎の下に小豆大の黒子があった。

「手短に用件はすませるゆえに、手間は取らせぬ」

侍はそういって、公儀の使いだといった。美弥は畏まって狭い式台に手をついた。

「そのほうのご亭主は、長い間、御賄組において感心するほど真面目に役目を勤めていたが、悲しいかな不慮の死を遂げられたそうであるな。さらには目の不自由なる娘御を抱えているそうな。そのことを上様《うえさま》がお知りになり、いたく同情を召された。女ひとりで目の不自由な娘を育てるのは大変であろうとのお慈悲である」

公儀の使いはそういって、袱紗《ふくさ》包みを美弥の前に置いて開いた。驚いたことに切り餅（二十五両）が四つあった。

「こ、こんなことを上様が……」

「遠慮はいらぬ。ありがたく受け取るがよい」

「しかし、こんなにも……」

「よいのだ。では、しかとわたしたぞ」

公儀の使いは慇懃《いんぎん》に顎を引くと、さっと背を向けてそのまま去っていった。美弥はまるで狐につままれた気分で、しばらくその場を動くことができなかった。

伝次郎の舟は小名木川をゆっくり東に向かっていた。

初めて舟に乗るというおこうは、さっきからはしゃぎどおしであった。舟縁からこわごわと身を乗りだしては、川の水に触れて嬉しそうに笑い、小鼻をひくひく動かしてはこれが川の匂いなのね、草の匂いがする、ちいさな花がそこの岸に咲いていませんかなどと、まるで目が見えるようなことをいっていた。

もちろん、それは匂いや音で敏感にわかるのだろうが、伝次郎はそのすぐれた感性に驚かされていた。その一方で、美弥は三日前に来たという公儀の使いの話をしていた。

「ほう、それは勤勉なご亭主のおかげでしょう。お上もなかなか目の行き届いたことをされますね」

「思いがけないことでびっくりいたしましたが、お陰様でこの先の不安が少なくなりました。思い切って店を出そうかと思っているのです」

「それはよかった」

「つらくても必死に生きていれば、よいこともあるのだと思い知らされています」

「つらいことだけでは、人生浮かばれません」

「そうですね」

うなずいた美弥は、青空をあおいでいるおこうを眺めた。

川の向こうには畑が広がっていた。百姓家がぽつぽつと点在し、乾いた野路がのびている。中川の船番所《ふなばんしょ》まで行ったら、そこで引き返す予定だ。

突然、チッチチッと、甲高いさえずりをあげて、畑のなかから空に昇っていく鳥の姿があった。雲雀《ひばり》だった。伝次郎は急上昇する雲雀を目で追った。

「お母さん、いまの鳥空に昇っていきましたね。とっても急いで昇っていきましたね」

おこうは空に耳を向けて、白く濁った目をきょろきょろ動かした。

「そう、とても高い空に飛んでいきましたよ」

「お母さん、おこうは今日とても幸せです」

「…………」

伝次郎はおこうを見た。おこうも伝次郎を見てきた。

「船頭さん、幸せをありがとうございます。おこうはほんとうに楽しい。生きているんだと思います。幸せですよお母さん。ねえ、お母さん」

美弥は思いがけない娘の感謝の言葉に感激したのか、うんうんと声もなくうなずいていた。

「わたしも幸せよ。おこうがいるからほんとうに幸せなのよ」

美弥はおこうを抱きしめた。

それを見た伝次郎は思わず顔をそむけた。視界が涙で曇るのは久しぶりのことだった。それでも、親娘《おやこ》のいい光景を見たと、胸は熱くなるばかりだった。

中川の船番所の手前で舟を返した。伝次郎は、明日は津久間戒蔵を探しに品川へ行こうかと、遠くに視線を投げた。

また、雲雀の鳴き声がどこかでしていた。

光文社文庫

文庫書下ろし／長編時代小説
天神橋心中《てんじんばししんじゅう》　剣客船頭《けんきゃくせんどう》㈡
著者　稲葉《いなば》　稔《みのる》

2011年9月20日　初版1刷発行

発行者　駒井稔
印刷　堀内印刷
製本　ナショナル製本

発行所　株式会社光文社
〒112-8011　東京都文京区音羽1-16-6
電話 (03)5395-8149　編集部
8113　書籍販売部
8125　業務部

ISBN978-4-334-74999-6　Printed in Japan

組版　萩原印刷

お願い　光文社文庫をお読みになって、いかがでございましたか。「読後の感想」を編集部あてに、ぜひお送りください。

このほか光文社文庫では、どんな本をお読みになりましたか。これから、どういう本をご希望ですか。

どの本も、誤植がないようつとめていますが、もしお気づきの点がございましたら、お教えください。ご職業、ご年齢などもお書きそえいただければ幸いです。当社の規定により本来の目的以外に使用せず、大切に扱わせていただきます。

光文社文庫編集部

光文社文庫　好評既刊